Klaus Voswinckel

AUFBRÜCHE, WIEDERKEHR

Inhalt

Aufbrüche	11
Skylla und die Anderen	47
Der Kuss des Kamels	48
Skylla	50
Der siebte Engel	54
Die Dämmerkammer	55
Das Liebeshuhn	57
Besuch	58
Abends	58
Eselsgeschichte	59
Begegnungen mit Schlangen	67
Geschichte der Luft	70
Das Mädchen von der Levante	70
Der Körper ist unser Haustier	71
Ein Summen	72
Mittags	72
Nachbemerkung	73
Ich oder wer?	75
Die Sprache der Dinge	99
Körpertausch	125
Das Verschwinden der Sprache	136
Wiederkehr	169

*„Mit wechselndem Schlüssel schließt du
das Haus auf…"*

Paul Celan

Sieben Zugänge zur Welt. Sieben Wege ins Offene, ins wilde Land.

Je nachdem, wie man die Tür öffnet, beginnt die Irrfahrt zu den Dingen. Fragen tauchen dabei auf: Was ist das, was uns voranzieht und ans Leben bindet? Wer sind wir und was verbindet uns mit den Tieren? Wie bringt man Bäume zum Reden? Und wie verwandeln wir uns dabei? Wohin geht das Leben, wenn es geht? Und welche verrückten Kreise schlägt die Zeit in uns? Jedes Kapitel folgt seinem eigenen Weg, seiner eigenen Bewegung, ist Drift, Erzählung, Recherche, Atem, Zwiegespräch. Jedes ist für sich zu lesen. Aber natürlich gibt es Spuren und Übergänge von einem zum anderen. Vielleicht hat das ganze Buch mit Übergang zu tun. Es sind Luftsprünge, Denksprünge, Sichtwechsel, um die festgeschriebenen Regeln aufzubrechen und sich selber aufs Unbekannte einzulassen.

Aufbrüche

Einmal, als ich eine Taube auffliegen sah, über mir, fühlte ich ein Kribbeln in den Schultern.

Wo also bin ich, dachte ich, wenn ich am Boden stehe? Bin ich hier, oder bin ich da? Und wohin, wenn ich so dastehe und ihr nachsehe, zieht es mich?

Foscolo sagte: Brich einfach auf, und das Land wird dir die Augen öffnen.

Also ging ich los, um dem Unerhörten zu begegnen. Meine Schuhe schleuderten unter mir heraus und trugen mich über das Pflaster voran, das sich vor mir, wenn ich die Augen anhob, in die Tiefe eines lichtdurchfluteten Boulevards erstreckte. Die Sonne kam mir entgegen und tauchte die vorbeikommenden Menschen und Autos in Schatten ein. Ich sah sie als Umrisse, die sich mitunter zu dünnen Linien verzerrten, als würde das Licht sich von rechts und links in ihre Dreidimensionalität hineinfressen und Teile ihres Körpers wegnehmen, wegbrennen, sollte ich lieber sagen. Einer Frau in hohen Absätzen fehlten für zwei oder drei Atemzüge die Schultern, ein kurzes Flackern, das sie zu einem gewellten Fragezeichen verwandelte, und umso mehr staunte ich über ihre Haare, die aus sich heraus leuchteten.

Wohin wollte ich?

Es war klar, dass ich bis zum Abend die Stadtgrenze erreichen musste. Als es dunkel wurde, legte ich mich in einem Schuppen hin, kaum hundert Meter von der Straße entfernt, auf der die Lastwagen vorüberrauschten, ich hörte sie bis in den Schlaf hinein.

Traum, man würde uns einsperren, dich und mich, man würde uns in eine Kiste zwängen, die eine Art Fernsehkiste war, voller flackernder Bilder, die in unsere Gesichter übergingen, aber wir sackten unentwegt weiter unter die Erde. Schließlich waren wir in einem Schacht, der vor uns ins Dunkel führte, und auch die wenigen Gullis, die über uns auftauchten, führten, wenn wir zu ihnen hinzukriechen versuchten, immer nur weiter in die Tiefe.

Morgens war es ganz still. Kein Vogel in den benachbarten Bäumen. Zwischen Schuppen und Straße lag eine ansteigende Wiese, über der eine Nebelbank schwebte.

Ich stand auf und ging hindurch, wohl um mehr Klarheit zu erhalten. Die Straße schien mir wie eine vorzeitliche Angelegenheit, für niemanden mehr von Nutzen. Ich hielt mich in der Mitte und war froh, als ich immerhin den Widerhall meiner Schritte hörte. Mit der Zeit (inzwischen hatte ich Wasser aus einem Bach getrunken, mit der hohlen Hand, was eine eigenartige Erinnerung an die Kindheit war, Tage in Waldschluchten, besonders einer, die den Namen Siegfriedsquelle trug, vielleicht war das noch ein Name aus der Nazizeit, auch wenn wir Kinder es nicht wussten, Füße, die im fließenden Wasser umherstapften, Hände, die hineingriffen und ihren Durst löschten) bewegten sich die Schuhe wieder wie von selber, ich ließ mich von ihnen weiterziehen und pendelte meinen Körper über ihrem Rhythmus aus, pendelte mich in ihren Rhythmus ein, so dass ich allmählich einen Zusammenhang in meinen Gliedern fühlte.

Mag sein, dass ich nicht genug Acht gab. Ich sah hinter der Anhöhe einen Falken auffliegen und folgte seinem Flug, der erst in Kreisen, dann aber in einer geraden Linie direkt nach Süden ging, weiß auch noch, dass ich sofort wieder ein Kribbeln spürte. Da gab es ein Geräusch hinter mir, ein Quietschen, ich drehte mich nicht um, sondern geriet nur von dem plötzlichen Lärm leicht ins Schwanken, es war, als sei mir der Gleichgewichtssinn weggezogen, und im selben Moment schlitterte ein dunkler Wagen dicht an der Hüfte vorbei seitwärts von der Straße, er polterte gleich über den Graben abwärts in den Sturzacker, auf dem er sich aber nicht überschlug, sondern wieder Schwung nach vorn bekam und geradewegs auf ein tiefer gelegenes Wiesenstück zurollte, es war ein schwarzer Audi, eigentlich erst jetzt merkte ich, dass es ein Leichenwagen war, etwas Verchromtes blinkte am Heck, als ich ihn dort hinten aus den Augen verlor. Vielleicht fand er die Straße wieder, vielleicht rollte er auf der Wiese immer weiter ins Tal hinab.

Ich bog rechts in den Wald ab. Nach zwei Tagen hatte ich die Grenze erreicht, kein Mensch stand am Schlagbaum, ich ging hinüber mit einem Gefühl, ein anderer zu werden. Von diesem Moment an konnte ich wieder ruhig atmen.

Der Wind ist mein Freund. Das habe nicht ich gesagt, sondern es stand auf einem Zettel, der vor mir über die Straße trieb. Ich bin ihm nachgegangen, sah, dass irgendwelche Buchstaben auf ihn geschrieben waren. Schließlich hob ich ihn auf und las, im Gehen, im Immer-weiter-geradeaus-Gehen: Ausgerissen bin ich, nicht mehr zum Zusammenhang gehörig. Erstaunlich, dass man mich hier überhaupt noch lesen kann. Ich flattere so durch die Welt. Blicke von Menschen sammle ich im Vorbeifliegen. Sie sehen mir nach und winken manchmal, als könnte ich ihre Träume hinter mir herziehen. Nichts da. Es reicht, dass ich einen Tanz vor ihren Augen aufführe. Der

Wind ist mein Freund. Er hat mich um den Zusammenhang gebracht. Wenn ich gerade denke, es passt, was natürlich ein katastrophaler Irrtum ist, reißt es mich fort und zeigt mir die Flatterform einer Alpenlandschaft, die sich in ungeheurer Geschwindigkeit, wie verbrennend, hinter mir entfernt.

Aufbrechen, um anzukommen? Aufbrechen, um niemals anzukommen? Oder was? Aufbrechen, um immer weiter unterwegs zu sein, und selbst, wenn man ankommt, sofort einen neuen anderen Aufbruch daraus zu machen. Nicht etwa, um vor sich zu fliehen, und schon gar nicht, um sich mit Ereignissen zu betäuben, sondern um eine Richtung zu finden und mit der Richtung eine Aufmerksamkeit, anderswo hin.

Und weiter? Willst du wissen, wie es mir ergangen ist? Ein Schub, der durch mich hindurchging und mich dazu brachte, aufzustehen und loszugehen. Geht es dir auch manchmal so? Ein Kribbeln der Haut, und wenn es nicht in den Schultern ist, dann ist es ganz sicher im Bauch. Etwas, das dir sagt: Jetzt, während der Wind über die Haut weht, geh aus dir heraus. Nimm dich mit und such einen Weg aus dir, der in die Dinge führt. Nimm deine Sehnsucht, wenn sie auftaucht und ihre Spitzen und Pfeile unterhalb des Kopfes, dort irgendwo in der Bauchgegend, in die Ungewissheit der Luft hinein verschießt, und gewinn mit ihr eine Spannkraft, die dich in den nächsten Augenblick hineinträgt. Brich auf, nimm deinen Körper mit und begreif jeden neuen Schritt als Weg, aus dir herauszukommen. Oder ist das jetzt eine Marotte von mir?

Nie verstanden, aus welchen Widersprüchen ich zusammengesetzt bin. Dunkelverbohrter. Lichtersüchtiger. Finsternis und Licht wechselnd und manchmal sogar im selben Moment in den Händen tragend. Als sei ich aus beidem gemacht und schustere mir jeden Tag wieder meine Lebensgeschichte zurecht.

Nichts und niemand, am Anfang.

Kein Wegweiser, der mich hätte überzeugen können.

Und dann dieser Anruf von dir, deine Stimme. Du sagtest: Wir treffen uns in einer Woche in der Macchia.

Vielleicht ist alles ganz anders.

Vielleicht ist es deine Stimme, die meine Schritte seither gelenkt hat. Ich spüre sie als Magnetkraft in mir, manchmal höre ich sie sprechen, nur ihren Klang, ihr Summen, und dann ertappe ich mich dabei, wie ich ihr Antwort gebe, in einem unbedachten Moment zwischen zwei Kieselsteinen, irgendetwas hinmurmele, um ihr zu entsprechen. Worte, halblaute Satzfetzen wie diese hier. Du bist es, die mich von einem Schritt in den nächsten zieht. Du hast einen Raum zwischen uns aufgespannt, in den ich hineingehe und mich verlieren oder verirren mag, um irgendwann anzukommen bei dir.

Foscolo sagt: Wer in der Gegenwart ankommt, kann fliegen.

Hörst du das Summen der Buchstaben, während ich sie schreibe? Die Magie der weißen Fläche vor mir, du kannst auch sagen, es ist eine Ebene, es ist ein weißes Stück Papier (und nachher, wenn es beschrieben ist, steht da ein Wald von Worten, durch den man hindurch muss): es zieht die Gedanken an, sie fliegen wie unsichtbare Wetterzeichen auf diese Fläche zu, ohne schon zu wissen, was sie sind und was sie sein sollen, es ist die pure Anziehungskraft der Leere, einer ausgebreiteten Helligkeit, in die hinein sie sichtbar werden wollen. Tu einen Schritt, und du bist schon ein bisschen da. Setz ein Zeichen, und du bekommst eine Spur von Antwort, wohin es mit deinem Körper will. Auch das sind Aufbrüche. So beginnst du zu wandern, Schritt für Schritt, Satz für Satz ins Offene hinein.

Und im Gehen, je nach dem Wort, das sich mit deiner Haut in die Unbestimmbarkeit der Landschaft einschreibt, kommen dir Gerüche entgegen, Gerüche von aufschießenden Gräsern, die noch bis in die Nacht hinein an den Hüften entlangstreifen, Hände voll Luft, du findest Wege, oder vielmehr du gehst sie, als seien sie immer schon da gewesen.

Inzwischen sind die Grillen um dich zu hören, ein Wind streicht über die Schulter, und sosehr du auch auf dem Papier begonnen hast, hüllt dich ein Schwall von mit dir wanderndem Dunkel ein, und du kannst nicht einmal Sterne über dir sehen, nur ein Stück Wegs, mit flachen Büschen rechts und links von dir, die alle Augenblicke ihre Form verändern, mal schneiden sie Grimassen, mal sinken sie bis zu den Knien ab. Und am Ende, wenn du deine Hand nicht mehr vor Augen siehst, wird dein Wandern ein Brief sein, den du in die Nacht abschickst.

Wo bin ich jetzt? Soll ich Städte erwähnen? Oder Leute, die an mir vorbeigekommen sind? Das Bedürfnis nach Namen, konkreten Umständen, die sofort eine Verständlichkeit aus meinen Schritten machen, zum Beispiel Italien, die Ebene von Mantua, oder schon weiter südlich, in den Marken. Ist es das, was du möchtest?

Es gab Strecken, die ich getrampt bin, Stunden im Lastwagen und ein paar Hügel weit auf dem Rücksitz einer Vespa sitzend, hinter einer Frau mit weißem Helm und darunter schwarzen fliegenden Haaren, die mich durch die Serpentinen ihrer Gegend lenkte. Irgendwo bei Loreto hat sie mich an einer Tankstelle abgesetzt. Von da ging ein Weg in die Felder. Wenn ich sie richtig verstanden habe, studierte sie in Rom und lebte den Sommer über bei ihren Eltern. Wir haben nur wenige Sätze gewechselt, schon weil der Fahrtwind uns entgegenwehte. Einmal auf einer Hügelkuppe rief sie mir zu, sie habe mich mitgenommen, weil ich ihrem Freund so ähnlich sähe. Dann ging es schon in die nächste Kurve, und wir fuhren dem vor uns auftauchenden, weiten Tal entgegen.

Nachts, im Traum, waren die Hubschrauber wieder da. Es waren dieselben, wie ich sie schon so oft geträumt hatte. Diesmal kamen sie über die Hügelkette angeflogen und schoben sich kurz darauf Zentimeter für Zentimeter in das Rechteck meines Fensters. Es hatte wenig Sinn, sich zu verstecken. Denn sie blieben hinter den halb geöffneten Fensterflügeln, ich hörte das ungeheure Schwirren ihrer Rotoren und sah, wie sie warteten, nur manchmal leicht schwebend sich in der Luft verschiebend, bis ich mich bewegte und entdeckt war.

Was sie von mir wollten und warum sie mir in all den Monaten des Träumens nach dem Leben trachteten (zeitweilig sah ich zwei Männergesichter im Cockpit, die durch dicke Schutzbrillen zu mir herüberblickten), kann ich nicht sagen. Mir war nicht einmal klar, ob sie zu einer Staatsmacht gehörten oder frei vagierende Killertypen waren, die allerdings in dieser Umgebung keine Gefahr zu fürchten brauchten, denn sie bewegten sich völlig unbehelligt und oft zu mehreren über das Land hinweg, tauchten nach drei Atemzügen wieder auf, wenn sie gerade hinter einem Waldstück verschwunden waren, und stöberten mich auf. Kann sein, dass sie aus einem der Kriege kamen, in denen sie nichts mehr zu tun hatten. Kann aber auch sein, dass sie unmittelbar aus den Fernsehnachrichten geflogen kamen, wo sie sich erst zu dunklen Flecken und dann zu leibhaftigen Hubschraubern verwandelten. Wenn sie von ferne anschwebten – und es hing davon ab, in welcher Traumphase ich mich gerade befand –, warf ich mich in den Straßengraben, rannte ins Haus oder verkroch mich in einer Zimmerecke, was alles bekanntermaßen nichts nützte. Ich war ihnen ausgeliefert. Sie waren mein Alb, der mörderische Running Gag meiner Träume. Einmal im Daliegen dachte ich sogar, sie seien mein Tod. Und jedes Mal wenn sie wiederkehrten, erinnerte ich mich sofort im Traum an sie und wusste bereits im Voraus, dass ich so gut wie keine Chance gegen sie hatte.

Das Eigenartige war nur, dass sie nicht auf mich schossen. Sie standen im Fenster, ich erwartete jeden Augenblick, dass sie das Feuer auf mich eröffnen würden, aber sie taten es nicht. Sie waren immer nur unmittelbar davor, es zu tun.

Als ich aufwachte, saß ich an einer Steinmauer im freien Land. Es war ein schöner Morgen. Die Sonne war gerade hinter den Hügeln aufgegangen und wärmte die Schultern. Bienen flogen um mich, in verschiedenen Tonlagen, je wie ihre Flugbewegung oder der Grad ihrer Erregung war. Sie mischten sich ineinander und waren manchmal ein ganzes Konzert von Stimmen. Dann aber merkte ich, dass sie doch ziemlich nahe bei mir waren, und es waren so viele, dass ich mich eine Zeitlang nicht zu bewegen wagte.

Wenn ich es richtig sah, waren sie gerade dabei, sich in der Mauer neben mir einzunisten und mich dabei einzubeziehen. Jedenfalls war ich kein Hindernis für sie. Sie ließen sich schon an verschiedenen Stellen in den Steinen nieder, die voller Risse und Löcher waren, und offenbar nahmen sie auch meinen Kopf als einen solchen, wenn auch menschlich warmen Stein.

Was tun?

Ganz vorsichtig tastete ich nach meiner Zigarettenschachtel in der Hosentasche, es waren noch genau zwei Zigaretten darin, ich zog mit den Fingerspitzen eine heraus und zündete sie mir an. Leicht gesagt. Denn ich musste sie zwischen den Bienen hindurch zu meinem Mund führen. Einige von ihnen waren inzwischen schon in meinem Haar gelandet, und es war nicht zu verhindern, dass sie mir auch über die Stirn und über die Schläfen in Richtung Augen krabbelten. Zwar konnte ich sie nicht sehen, aber jedes Mal, wenn sie landeten, endete auf geradezu abrupte Weise das Summen, und ich hörte immer öfter solche abbrechenden Geräusche, als seien sie in mich geflogen und verschwänden dort irgendwo im Inneren des Kopfes, was natürlich ein frommer Wunsch war. In Wirklichkeit wanderten sie über die Haut und suchten die Nähe zueinander, ja ich bemerkte jetzt, wie sich meine Brauen mehr und mehr zu knisternden Klumpen vergrößerten und mir zeitweilig einen Teil der Sicht nahmen. Gleichzeitig landeten sie, wenn ich nicht völlig irrte, um meine Mundwinkel und legten sich dort paarweise oder sternförmig über die Lachfalten, so dass ich sie weder nach oben, noch nach unten verziehen mochte, sosehr mir auch zum Lachen zumute war. Sie waren sehr gesellig, das muss ich schon sagen. Es kam nur ganz entschieden darauf an, sie in ihrer Geschäftigkeit nicht zu stören. Also schob ich, so ruhig ich konnte, mit einer zeitlupenhaften Langsamkeit meine Zigarette zwischen die Lippen und zündete sie an. Schon als das Feuer aufflammte, lichtete sich der Blick ein bisschen. Und als ich dann ausatmete, lösten sie sich Zug um Zug von meiner Haut ab, flogen zwar noch in unordentlichen, leicht desorientierten Linien um meine Augen, aber ich konnte aufstehen und durch ihren Schwarm hindurch in den Tag aufbrechen.

Keine Ahnung, was sie bewogen hat, gerade zu mir zu kommen. Vielleicht war ich ihnen angenehm. Vielleicht war es ein Zeichen, ein Willkommensgruß, dass ich ein Stück weiter in der Fremde war. Wie ich davonging, mit leichten Schritten, der Boden fast federnd unter mir, hob ich zum Abschied eine Hand und winkte zwei-, dreimal zu ihnen zurück.

Im Gehen, abwärts zur Küste, wo die ersten dickstämmigen Oliven vor mir auftauchten, mit ihren im Morgenlicht flatternden Blättern, die auf der einen Seite grün, auf der anderen silbern waren, gingen mir Sätze durch den Kopf, die sich in Schleifen drehten und von verschiedenen Seiten Erinnerungen wiederbrachten, um sich allmählich zu einem Lied zu ordnen.

Ungefähr so.

Am Morgen ging ihm alles schief. Die Milch kochte über, während die Wolken sich über die Dächer schoben. Ein Stuhl kippte im Vorbeigehen über die Kante in den Hinterhof. Freunde, die er treffen wollte, waren gerade anderswo, und als er zurückkam, fand er einen Zettel von ihnen, wo er denn geblieben sei.

Am Mittag ging ihm alles kaputt, Fahrradteile lagen vor dem Haus herum, und er versuchte einen Schlauch zu reparieren, aber die Luft kam ihm schon aus dem Ventil, als er den Schlauch aufpumpte, pfeifend wieder entgegen. Er schlug mit der Zange drauf, um es zur Ruhe zu bringen, und fügte dem lächerlich weichen Gummi nur ein weiteres Loch zu.

Am Nachmittag ging er ins Haus und wusste nicht mehr weiter. Die Welt ist von Mauern umstellt, sagte er, sie hat mich ausgeschlossen und will mich nicht mehr haben. Ich bin noch dreimal überflüssiger als eine Fledermaus. Damit hängte er sich in einen Korbstuhl, die Füße auf den Tisch, versuchte ein Schattenbild seiner selbst zu werden. Über Kopf sah er dann einen schwankenden Kastanienbaum im Fenster.

Am Abend ging er mit wilden Schritten durch die Straßen. Er bog um die Ecken, stieß überall an, breitete die Arme zu beiden Seiten aus, als wolle er mit ihnen abheben, und schrie, hart über den Boden schlitternd, seine langen, lauten Töne gegen die Wände, die von ihnen widerhallten und sich mit dem dröhnenden Verkehr vermischten, so dass er irgendwann stehen blieb und in den Himmel starrte. Morgen werde ich aufbrechen, sagte er.

Foscolo sagte: Gut, weiter so. Vergeh dich im Wind, lern zu vergehen, nimm die Zeit auf die Schultern und sei eine Leichtigkeit in dir.

Nebenher gefragt: Wenn wir aufbrechen, was bricht in uns auf? Welche Gewohnheiten zerbröckeln und rollen beiseite? Wie genau zerreißt der Vorhang vor unseren Augen und zeigt uns den Weg, der auf ihn gemalt ist, plötzlich in voller Raumtiefe? Sind nun wir es, die aufbrechen, oder bricht umgekehrt die Raumtiefe in unseren Atem ein?

Südlich der Hochebene, wo die Macchia beginnt, gibt es ein Tarantelhaus. Ich nenne es so, weil Taranteln in ihm wohnen. Es ist aus rohen Felsbrocken erbaut, Stein auf Stein, so wie die Mauern, die an manchen Stellen durch die Macchia hindurchgehen, nur dass man sie hier in einem Rechteck angelegt hat und, um auch bei Sturm und Regen darin zu leben, ein Gewölbe aus Tuffsteinblöcken darüber errichtet hat, jeder Steinblock etwas gekippter, etwas geneigter als der unter ihm liegende, bis sie sich am höchsten Punkt von beiden Seiten her treffen. Häuser sind Liebesgeschichten. Und in ihren Ritzen gehen die Taranteln ein und aus. Sie fühlen sich zu Hause in ihrem Inneren. Man mochte einen Stuhl hineinstellen oder ein altes Eisenbett, mit einer Matratze darauf, sie kamen bei Einbruch der Dunkelheit in das Haus gewandert (meistens sah man sie nur einzeln, manchmal auch zwei nebeneinander) und kauerten sich in die Nischen, wo ein Buch lag oder ein Stein, was nicht viel Unterschied machte. Ja selbst als das Haus rundum verputzt und mit weißer Kalkfarbe gestrichen war, so dass es zwischen den Büschen hindurch zum Meer hinunter leuchtete, kehrten die Taranteln mit beharrlicher Regelmäßigkeit am Abend wieder und fanden sich am Morgen, wenn man aufwachte, gleich neben dem Bett am Boden oder, wie es einmal geschah, unter dem Kopfkissen – still und wie schlafend mit ihrem festen Körper und ihren acht allerdings sehr großen Beinen.

Ich habe von diesem Haus geträumt, als ich noch ein Kind war. Und ich habe es mit fünfzehn oder sechzehn Jahren gemalt, ohne je in der Macchia gewesen zu sein, einfach aus der Anziehungskraft der gerade entdeckten Ölfarben heraus, ihrem Geruch, ihrer Leuchtkraft und Dunkelheit, in die sich die Träume und Wünsche hineinmischten. Mein Bild zeigte das Haus vom Meer her, bei Nacht, mit einem ovalen Mond darüber. Ein paar Büsche und wohl auch zwei Zypressen standen drum herum. Lange Jahre wusste ich nicht, dass es das Haus tatsächlich geben würde. Aber als ich eines Tages vor ihm stand und es nach wenigen Stunden dunkel wurde und dann auch noch der Mond in ruhigem Bogen über den Hügeln aufstieg, durchwanderte mich das Gefühl, dass ich das Haus schon irgendwo gesehen hatte. Und plötzlich erinnerte ich mich an das Bild, das ich gemalt hatte.

Gehen so die Wege, im Leben? Sind das die geheimen Voraussetzungen der Liebe?

Als ich über den Hügel kam und mir den Weg zum Tarantelhaus suchte, über hellgraue Felswannen, in denen Büschel von Thymian wuchsen, vorbei an verwilderten Oliven, Rosmarin und stachligem Buschwerk, das, wenn man nicht Acht gab, sofort rote Striemen in die Haut ritzte und zudem überall in den Kleidern hängen blieb, so dass man vom Hemd bis zu den Hosen herab voller Stacheln war, die sogar bis ins Innere der Schuhe vordrangen und in die Zehen stachen, in diesem Moment sah ich zum ersten Mal das Meer.

Nicht dass ich es vorher nie gesehen hätte, aber da war es in der Ferne wie ein Schimmer an mir vorbeigezogen. Jetzt lag es vor mir und traf wie eine persönliche Botschaft in meine Augen. Ich blieb kurz stehen, hatte auch das Verlangen, mich auf einem Stein niederzulassen, aber ich tat es nicht, sondern versuchte ihm mit meinem Atem, mit all meinen Sinnen zu antworten. Oder soll ich lieber sagen, ich las es wie einen Brief, der sich gerade vor mir eröffnet hatte? Das Meer, grünblau am Rand, mit einigen hellen Lichtflecken, die wie Inseln aussahen, und dahinter in ein dunkleres, aus der Tiefe kommendes Blau übergehend, das ganz weit hinten den Horizont mit einem klaren Strich markierte – ich las es von mir her zum Horizont und vom Horizont wieder zu mir zurück, und es erzählte jedes Mal wieder etwas anderes.

Das Tarantelhaus stand da, mit seinen leicht angeschrägten Wänden, ein bisschen wie ein Schiff in der Macchia, das geradewegs auf das Meer zurutschte, ohne sich dabei doch zu bewegen. Es stand da am Hang, genau auf die Küste hin ausgerichtet, als sei es schon immer unterwegs dorthin. Ein Schiff im Aufbruch.

Ich ging durch die Räume. Das Bett. Der Tisch mit den drei blauen Holzstühlen darum. Die Truhe im Nebenraum, mit einem von der Decke hängenden Korb darüber. Alles war unberührt. Ein paar Spinnweben gab es in den Ecken. Und die Gecchi, die kleinen Hauseidechsen, quiekten oben im Gewölbe, ich blickte hinauf und erkannte ihre an den Steinen haftenden Füße, mit denen sie mühelos über Kopf laufen konnten. Am Boden lag eine Packung Kerzen, zum Anzünden für die Nacht. Als ich sie hochhob, stiegen Erinnerungen in mir auf, Bilder von anderen Momenten und anderen Tageszeiten, aufflackernde Gefühle, die sich dazwischenlegten und sich nicht von der Hand wegblasen ließen. Von den Taranteln habe ich in diesem Augenblick nichts gesehen. Das kam erst später, wenn es dunkel wurde und ich auf dich warten würde.

Hundebellen, von fern über die Küste. In den Oliven weiter unten flackern kleine Reisigfeuer. Einzelne

Stimmen von dort, die mit einem Lufthauch heraufkommen. Der Wind hat beinahe nachgelassen. Alles fast. Fast dunkel, fast ohne Lärm im Kopf. Ein einsames, heimkehrendes Auto durchquert von links nach rechts die Felder, mit tastenden Scheinwerfern, die in die Augen stechen, als es nach einer Biegung plötzlich landeinwärts fährt. Also gibt es eine Straße da, nicht zu sehen, aber zu hören in der Stille. Ganz weit entfernt klingt das Anschlagen der Wellen, das in regelmäßigen Abständen wiederkehrt und das man sich genauso gut im Kopf vorstellen kann. Ich sitze auf dem Dach, die Hand auf die Mauerkante gelehnt.

In Erwartung deiner Schritte, wie du durch die Macchia heraufkommst. Dasitzen, ganz unbewegt, und nur lauschen. Der Gang über die Felsen. Deine Schritte, herausgehört schon von weitem aus den Geräuschen der Nacht, das leichte Straucheln zwischendurch über Steine und Schotterstellen, es sind deine Schuhe, die ich höre, deine Bewegungen, an denen ich schon die Erlebnisse der letzten Stunden erraten kann, die Fahrt im Zug, die Gespräche mit den Nachbarn, die in der Ebene von Foggia ihre Mortadellabrote ausgepackt haben, ich kann an der Art, wie du gehst, längst deinen Atem erkennen. Das Heben der Hand, der kurz verhaltende, von unten zu mir schauende Blick, du hast ein helles T-Shirt an, das im Dunkeln immer noch lila aussieht, das Schimmern der Schultern, der Geruch deiner Haut, lange ehe du bei mir angekommen bist. Dann trittst du zwischen den Zweigen hervor, ganz aufrecht, als brächtest du das Meer mit herauf und wolltest es vor mir ausrollen.
Endlich, sagst du.
Endlich, sage ich. Endlich bist du da.

Lass die Bilder erblinden, einen Lidschlag lang. Schaff Dunkelheit um sie. Vergiss, was sie gewesen sind. Stell dir vor, wie fern du ihnen gerückt bist und wie wenig sie mit dir sprechen können. Oder nein: Stell dir gar nichts vor, lösch die Bilder aus. Dein Bild von ihnen und von dir. Und dann, aber erst dann, wenn du in diese Abwesenheit getaucht bist, in diese Ferne von dir und ihnen, von jedem Maß und jedem Abstand, such sie von Neuem.

Wer spricht jetzt aus mir, wenn ich dich ansehe? Und welches Wort pflanzt du in mich, während ich dein Gesicht und deine Lippen berühre? Ganz warm von der Reise, von Erwartung, von der Vorfreude, endlich anzukommen. Wohin wächst uns der Übermut, erzähl, zu welcher Lust und welcher Sprache?
Ich sage: Du fühlst dich an wie ein früher Sommerwind.
Du sagst: Und du fühlst dich an wie ein Eukalyptusbaum, der sich in die Macchia verirrt hat.
Ich sage: Du fühlst dich an wie eine Frau aus dem Meer.
Und du antwortest: Du fühlst dich an wie ein nackter Körper zwischen Steinmauern.
Gut, du schenkst mir das Glas ein, und ich trink die Liebe aus. Die Vergleiche verbrennen uns auf der Haut, wenn wir uns umeinanderdrehen. Also wandere ich, wer immer das sein soll, aus meinem Körper in dich über. Also bin ich bei dir.

Nachts, später irgendwann vor der Tür in den Felsen sitzend, schrieb ich, oder vielmehr meine Hand, etwas aufs Papier. Am nächsten Morgen stand da:

Schwer in die Schönheit verschossen bin ich ein Dunkelgewächs, das sich in deinem Arm verschlingt. Entschuldige so viele Umwege, es ist alles nur, um dein Leuchten zu ergründen. Abwegig im Reden bin ich bei dir, sosehr das Reden ein Wildwuchs aus der Erde ist. Der Himmel, meinetwegen, soll sich darüberwerfen, das alles ist Poller und Staub und heißer Samen um Mitternacht.

Wohin brechen wir auf, wenn wir angekommen sind? Oder brechen wir gar nicht auf, sondern fangen nur anders an zu atmen?

Du sagst: Mit der Sehnsucht ist das bei euch Männern manchmal etwas Merkwürdiges. Ihr wollt immer aufbrechen. Ihr baut euch eine Kompliziertheit an Wegen und Umwegen im Kopf auf, um nur unterwegs zu sein und dem Ziel nicht gleich zu nah zu kommen. Ihr begeistert euch für Zusammenhänge, die euch wie etwas sehr Fernes durch die Gedanken wandern, und verliert dabei das Naheliegende geradezu süchtig aus den Augen.

Einen Moment schaust du mich an, ich sehe ein Lächeln um deinen Mund. Dann sagst du: Männer haben eigentlich eine ziemlich lange Leitung, findest du nicht? Oft scheint es, als müsstet ihr erst eine ganze Irrfahrt durch die Welt beginnen, ehe ihr bei eurer Hand ankommt. Ihr müsst euch leidenschaftlich durch einen Wust von Schlüssen und Trugschlüssen hindurcharbeiten, vom Kopf bis zum Fuß und vom Fuß wieder zum Kopf zurück, um endlich entzückt, wie euer jahrhundertealtes Denken nun einmal ist, am Ende auszurufen, sieh an, dieses Bett ist ein Mirakel, dieses Bett ist reiner Geist, absolutes Denken, freie Materie. Dieses Bett ist ein Bett. Oder liege ich falsch mit dieser Meinung? Ihr braucht ganz schön lang zu so etwas.

Ja, und du, frage ich.

Ich komme viel lieber an, als dass ich aufbreche, sagst du. Dafür fällt mir das Aufbrechen manchmal umso schwerer. Ich muss mich regelrecht losreißen, und was mir hilft, ist im Grunde nur die Vorstellung, möglichst bald anzukommen.

Und wenn du ankommst, frage ich.

Wenn ich ankomme, sagst du, geht es los.

Nämlich. Der über die Arme streichende Wind ist es, der unseren Körper meißelt. Oder die Liebe, wenn wir uns berühren und mit den Fingern ertasten. Ich verspreche dir diesen Morgen, jeden Atemzug, zusammen. Ich verspreche dir jedes Wort, das ich sage, in die Hand. Ich schenke dir meinen linken Arm und, wenn ich diesen Satz fertig habe, auch den rechten. Nimm sie und lass die Schultern überfliegen zu dir.

Abends, auf dem Dach sitzend, tat sich eine ganze Wolkenlandschaft auf. In der Stadt hatte ich auf den Himmel nie wirklich geachtet. Er schien mir eine Nebensache, die hinter den Häusern lag. Jetzt, wenn ich die Außentreppe des Tarantelhauses hochstieg und mich auf einen der schrägen Steine des Gewölbes setzte, das noch warm war vom Tag, war da eine Szenerie über mir, in die ich sofort mit den Augen hineintauchte und in der ich meine gegangenen Wege wiederfand, lauter Einzelheiten und Formationen, die von meiner Wanderung erzählten. Ehe ich mich versah, war ich in die Geschichte des Abendhimmels hineingeraten, und es war meine eigene, zumindest kam ich darin vor. Die Wolken, jedes Mal anders und in ungeheurer Weite von verschiedenen Zentren und Wetterzonen ausgespannt, verschoben sich unentwegt zu atemberaubenden Zerrissenheiten. Unwillkürlich, und je mehr ich den Atem anhielt, wenn ich eine Überlagerung und plötzliche Auflösung in der Höhe sah, oder tief Luft holte, weil ich den orangenen Streifen im Westen an mich ziehen wollte, fand ich meinen Gedankenzustand wie etwas mir Fremdes nach außen gekippt in diesem Himmel wieder.

Es war keine Spiegelung, sondern ein Hin und Her, ein Austausch mit den umherziehenden, sich unmerklich verwandelnden Wolken und freien Himmelteilen, die auch um diese Zeit noch dunkelblau waren, ehe sie sich dann ins Weiß verflüchtigen und über eine sehr kurze Grauphase hinweg ins Schwarz übergehen würden. Vielleicht war es auch gar nicht so, dass ich meine Vorstellungen an ihnen erkennen wollte, sondern dass sie, fremde Gebilde oder Gestalten, die mir mehr und mehr wie eigenwillige Wesen vorkamen, die vielschichtigen Hintergründe meines Denkens und meiner Wege aufdeckten. Vorn, überm Meer in Richtung Kalabrien, stieg der vorsokratische Haarschopf des Pythagoras mit einer wuchtigen Wolkenschleife auf. Rechts, über Tarent, verbanden sich die Lichtstriche der griechischen Kolonien mit den Eroberungen und Rückeroberungen der Römer, Türken und Sarazenen zu einer Feuerschrift, die man von links nach rechts und von rechts nach links lesen konnte. Hinter mir, wo irgendwo Castel del Monte liegen musste, teilte sich Friedrich der Zweite in eine Reihe von Kumuluswolken auf, während unter ihnen die Hügel mit ihren Steinmauern und Olivenbäumen eine gezackte Linie dazuwarfen. Mitten drin stand die Sonne und brannte die Träume in die Sinne ein. Es war ein Himmel voller Zeiten, und er überstieg ganz mühelos die Augen, sosehr ich den Kopf hob und zu jeder Verwehung, Krümmung oder Zusammenballung noch eine Mandelbrodmenge an Wünschen dazudachte.

Lehnen wir unsere Köpfe ineinander und lachen über so viele entlehnte Wörter, die uns sprechen machen.

Was wir sprechen, sind Lehnwörter, hörst du?

Was mein Eigenstes ist, bist du.

Und beide gehören wir uns nicht.

Manchmal, zwischendurch, spüren wir es, wenn ein Windhauch um das Haus geht und die Taranteln vor der Tür stehen, um Einlass bei uns zu finden.

Lernen, ein Lebendiger zu sein: im Zusammenhang.

Teil sein. Teil von all dem hier.

Das Meer dort ist ebenso viel mein Körper, wie es diese über uns fliegenden Wolken sind.

Unbegreiflich werden und wieder anfangen zu sein.

Immer geht es um das Anfangen. Solange ich denken kann, habe ich das Gefühl gehabt, ein Anfangender zu sein. Und dieses Gefühl hat mich auch mit den Jahren nicht verlassen, ist immer schubartig in meinen Körper zurückgekehrt, so dass ich losgehen musste, aufbrechen in eine mir unbekannte Richtung, und selbst wenn sie mir bekannt war, in der Erwartung, dass sich etwas Neues in ihr zeigen würde. Vielleicht, denke ich manchmal, hat es mit der Erfahrung des Geborenseins zu tun, dieser Rückbiegung unserer Sterblichkeit zum Anfang, die bei dem Erwachen morgens, wenn man hinter den Augen, hinter dem Fenster tatsächlich ein Licht sieht, plötzlich geschehen kann oder bei einem Strauchelmoment am Abend, wenn der Körper schwach ist und nahe daran umzufallen, aber es dann doch nicht tut. Wiedergeboren werden mitten im Leben, verstehst du, das ist für mich Aufbruch, und darum zieht es mich in diesen Sog hinein.

Foscolo sagte: Mein Auge verfing sich in der Welt und kam nicht mehr davon los.

Später am Abend sagte er noch: Feuer und Wasser, zwischen beiden schläft der Unterschied.

Und noch später sagte er: Es ist der Unterschied, der unseren Durst löscht und uns brennen macht.

Zwei Kerzen vorm Haus, in die Nacht flackernd. Wir hören Grillen in der Dunkelheit der Macchia. Jede einzelne Kerze, wie sie vor uns steht und unsere Gesichter wechselnd aufhellt, ist für sich ein Individuum. Es ist nicht nur ihr Flackern, ihr Leuchten, was sie zum Individuum macht, sondern auch ihr Herunterbrennen. Wachskerzen sind sterblich, wie wir. Wie nebenher und doch mit einem Herzklopfen erkennen wir uns in ihnen wieder. Und wenn ihre Flammen hin und her schlagen in der Luft, ganz dünn werden, fast verlöschen, zittern wir heimlich mit ihnen. Vielleicht sind sie eine der genialsten Erfindungen, die die Menschen je gemacht haben, weil sie alles enthalten, was uns ausmacht, die Seele, den Körper, die Emphase des Brennens und das Dahinschmelzen, gar nicht zu reden vom Wachs, das über den Rand hinausrinnt und sich sofort in bizarre tropfende Formen wirft, als sei es Rettung, im Überfluss der Tränen so etwas wie Kunst zu werden.

Ihr Herunterbrennen geht mit einer zuckenden Bewegung durch unser Gefühl, und vielleicht denken wir zwischendurch lieber an elektrisches Licht, nur um ihrem Vergehen, ihrem Dahingehen, ihrem wahnwitzig schnellen Wegflackern zu entkommen. Jeder Lufthauch zeigt sich in ihnen, wie in dem Gesicht eines gerade neugeborenen Kinds. Und wenn sie fast bis zum Stumpf abgebrannt sind, haben sie immer noch diese Empfindlichkeit. Der Hauch, der sie von

Süden her anbläst, ist ihr Elixier, um dem Ende entgegenzubrennen und gleichzeitig zu behaupten, es sei nicht so, es gebe kein Ende, im Gegenteil, das Ende sei im Grunde gar nicht denkbar, solange es nur diese Flamme gebe. Denn sie brennt ja, ist ganz und gar davon durchdrungen, nicht zu verlöschen. Ihr Brennen, ihr Herunterbrennen schreibt sich als unlösbare Gleichung in unsere Augen ein.

Und dann, wenn wir sie ausblasen, später, am Ende des Abends, erst die eine, dann die andere, was ist das? Wollen wir ihnen beweisen, dass wir sie überleben, dass wir länger atmen und in uns verbrennen als sie? Wollen wir sie, die uns eine halbe Nacht lang zum Zeichen geworden sind, ein Inbild unserer selbst, zu einer Sache erniedrigen, um heil in die Träume zu kommen? Sie werden uns in den Traum nachgehen. Sie werden uns, wie immer wir atmen, in den Wünschen und Gedanken aufsuchen und davon erzählen, was wir selber sind, jeder, ohne Unterschied anders.

Es gehört Glück dazu, die Kurve zu kriegen.
Viel sogar.
Oft weiß man ja vorher gar nicht richtig, wo es mit einem hingeht und in welche Bahnen es einen schleudert. Man wandelt so seiner Wege, schlittert haarscharf am Abgrund vorbei, entkommt jeden Tag aufs Neue, und dann ist es eine winzige Verschiebung, die alles umdreht, auflöst, zum Einstürzen bringt.

Ich hatte einen Freund in der Stadt, der mir im Grunde ziemlich ähnlich war. Er trug immer einen hellen Mantel. Manchmal dachte ich, er ist ein Zwillingsbruder von mir. Denn er hatte ein ganz ähnliches, seltsames, unstillbares Verlangen, sich mitten im Verkehrslärm auf den Weg zu machen, ins Unwägbare aufzubrechen und gleichzeitig in die Schrift einzutauchen. Er hatte, wie ich (und oft redeten wir nächtelang darüber), die heimliche Erwartung, mit der Schrift eine Leichtigkeit zu erlangen, die ihn vom Boden abhob, egal in welche Richtung er dabei fliegen würde.

Dann verschwand er in einer Winternacht. Ein Nebel lag in der Luft, wo er gegangen war. Ein Rest von Laub, das wie eine Erinnerung an den Herbst noch am Boden trieb. Einzelne Blätter, die seine Schuhsohlen in die Erde gedrückt hatten. Sonst nichts. Er verschwand vollkommen lautlos und kehrte nie mehr zurück.

Manche sagen, er sei in die Berge gegangen und habe sich von einem Felsen in die Tiefe gestürzt. Manche sagen, er habe die Arme ausgebreitet und sei wie ein Vogel durch die Luft geflogen. Sein Mantel wurde anderswo gefunden, viel weiter unten im Tal. Seine Briefe und Grußbotschaften flatterten, vom Wind angehoben, bis in die Ebene, helle Papierstücke, die längst zerknittert und zerfetzt waren. Ab und zu liefen Füße darüber hinweg, Füße von alten Männern und von Kindern, die am Stadtrand über die Wiese gestürmt kamen und sich etwas zuriefen. Ich bin neugierig, deine Schrift zu lesen, stand auf einem dieser Zettel.

Nächster Tag. Nächster Morgen. Nächste Jahreszeit.

Wir sind ins Landesinnere zum Fest von Cosma und Damiano gegangen, mit einem Markt am Rand des Dorfs, wo schon um sieben Uhr in der Früh die Leute unterwegs waren, die Männer in frischgebügelten Hemden, die Frauen in dunklen Röcken und mit ihren Kindern am Arm. Cosma und Damiano, das sind die heiligen Ärzte, die Santi Medici, ein Zwillingspaar. Sie werden von der Kirche oben durch die Straßen und die engen Gassen des Orts getragen, dicht nebeneinander schwankend, aus Pappmaché gefertigt vom Kopf bis ungefähr zum Bauchnabel. Dort sind sie abgeschnitten, als habe man ihnen die untere Körperhälfte nicht gegönnt, zwei halbe Heilige, die über der dastehenden Menge vorbeischweben. Aber sie tun Wunderdinge, sagt man, sie heilen von der Krankheit der Schwermut und der Miseria, sie befreien von jedwedem Schmerz, der den Körper befallen hat. Einstmals sind sie übers Meer gekommen, vielleicht haben sie damals die Namen Castor und Pollux getragen – ich sag das nur, weil es alles Zwillingsgeschichten sind. Sie sollen Seeleute aus der Not gerettet haben, vielleicht deshalb haben ihre Bewegungen, wie sie vor mir davongetragen wurden, so wankend ausgesehen. Sie standen in inniger Beziehung zum Meer und ahmten das Auf und Ab der Wellen nach, sie trugen den Schiffbruch in sich und waren nur dadurch in die Lage versetzt zu heilen. Einer allein reicht nicht. Es braucht immer einen Zweiten, damit etwas Erstaunliches zustande kommt.

Der Himmel über ihnen war extrem klar, wie leergefegt von Wolken, so dass die in ihn steigende Sonne die Farben der dargebotenen Gegenstände in jeder Einzelheit hervorhob und zum Leuchten brachte, es war, als habe sich der Sommer eigens auf diesen Augenblick vorbereitet, wo alle sich noch einmal treffen und ihre Einkäufe für den kommenden Winter machen, Feigen mit Mandeln gefüllt, getrocknete Tomaten und Kichererbsen, die man sich kiloweise in Plastiktüten füllen lässt, um sie am ebenfalls neuerstandenen Schäferstock über die Schulter zu legen. Ich spreche von mir.

Der Mann, der mir den Schäferstock verkaufte, sagte, er habe mich hier letztes Jahr schon einmal gesehen. Ob ich ihn nicht wiedererkenne. Während er sich zu mir beugte, sah ich seine lange Schnittwunde im Gesicht, die dicht am linken Auge vorbeiging, so dass sein Blick etwas verrutscht war. Wie ich noch mal heiße, wollte er wissen.

Also versuchte ich ihm, so gut es ging, Antwort zu geben. Aber er verstand nicht.

Wie, fragte er, noch mal das Ganze. Ohne deinen Namen kommst du hier nicht weg. Leider hatte er es gerade auf meinen Nachnamen abgesehen, den unaussprechlichen, schwierigen. Und ich wiederholte ihn mit einem Lächeln, merkte allerdings schon im Reden, dass die Laute irgendwo auf halber Strecke in der Luft zerfielen und nicht bei ihm ankamen. Er hielt den Schäferstock unmittelbar vor mir in der Hand, mit seiner schönen Rundung und seinem gelb gebeizten Holz, und blitzte mich an, als sei ich ihm die Antwort immer noch schuldig. Da gab ich es auf und sagte einfach: Foscolo.

Ah, Foscolo, sagte er. Das ist mal ein Name. Dieser Stock wird dir Glück bringen, mein Freund, du kannst damit die Hinterbeine der Schafe und Ziegen an dich heranziehen, und du kannst mit ihm das Gras köpfen und die vermaledeiten Büschel des Thymian. Dabei lachte er und ließ meinen Geldschein zwischen den Fingern verschwinden.

Was noch?

Eine Kastanienpfanne mit Löchern, die man auf den Ofen stellen kann. Ein Satz neuer Weingläser, das Stück ein Euro. Über den Werkzeugen, vor denen sich die Männer mit ihren Schiebermützen sammelten, drehte sich ein silberner Schornsteinaufsatz in der Sonne, obwohl gar kein Wind ging. Oben auf der Piazza war die Musikkapelle, die Banda in den

Pavillon gestiegen und spielte gegen die Glocken des Kirchturms die Kurzfassung von Verdis Nabucco an. Eine rings von den Wänden hallende Akustik ließ jeden Bläser wie mikrofonverstärkt erscheinen. Aber noch eindrucksvoller war es, wenn man einen Klang von Posaunen oder Klarinetten wie einen Schatten oder Lufthauch aus der Ferne hörte und, je wie man durch die Gassen wanderte, nicht eigentlich selbstbewegt, sondern angezogen von diesen wiederkehrenden, langsam klarer werdenden Klängen, ins Zentrum gelockt wurde, bis sie leibhaftig vor einem erschienen: eine Gruppe von zwanzig Musikern, die auf dem erhöhten, runden Holzpodest dicht an dicht beieinandersaßen, mit blauen Hemden, blauen Schlipsen, egal ob es Männer, Frauen oder noch Kinder waren, und vor ihnen stand ein sehr junger Dirigent mit Gustav-Mahler-Brille, der die Arme vorsichtig in ihre Richtung schwang und an den Abwägungen der Klänge arbeitete, um sie dann ohne Anstrengung zum heftigsten Fortissimo zu treiben, das gar nicht enden wollte. Und noch viel mehr in den Bauch ging die Musik, wenn man sie später wieder verließ, wenn man sich in die Seitenstraßen davonmachte und sie einen über Minuten noch verfolgte, immer sehnsüchtiger jeden Schritt mit ihrem Leiserwerden durchdringend, als sei sie schon Erinnerung geworden. Erinnerung woran?

Ist, was jetzt beginnt, schon vorbei? Oder fängt es gerade erst an? In welchen Hafen wollen wir noch einlaufen, und in welchen Winkel der Macchia?
 Denk an das Tarantelhaus, sagst du.
 In welche Richtung treibt es uns voran?
 Foscolo sagt: Der Hafen, den wir herbeisehnen, ist das Meer.

Mittags. Die Felsen sind so hell, dass sie in die Augen stechen. Im Umdrehen fliegt ein Schmetterling in deine Haare. Wie ich mit der Hand hingreife, setzt er sich auf meinen Daumen. Zwei blaue Punkte in den Flügeln. Schau her, sage ich und puste ihn von der Hand.

Einen Moment kann er sich noch an mir festhalten, aber dann wirbelt es ihn in die Luft hinein, und er flattert in einem gezackten Bogen auf deine Schulter.

Wie das Blut pocht in den Zweigen, sage ich. Wie grün von Blättern deine Haut ist.

Ein Büschel Rosmarin blüht über deinen Kopf hinweg. Es treibt uns das Verlangen aus dem Körper heraus. Oder soll ich lieber sagen: es treibt uns die Sinne des Körpers ins Verlangen? Hier, rücklings am Boden liegend zwischen Felsabbrüchen und wildem Rosmarin.

Als die Sonne am höchsten Punkt stand, der Wind sich in einen Ginsterbusch rollte und der Schatten der Zweige wie weggeworfen am Boden lag, sang das Tarantelhaus.

Die Wände hatten selber eine Haut bekommen. Im Innern des Gewölbes schlug das Herz. Ein Seufzen riss die Decke ein. Türen und Fenster standen weit offen. Nicht einmal die Taranteln hätten das Licht daran gehindert, einzutreten.

Es war die Stunde des Lichts, in der die Worte ihren Ursprung haben.

Nachher, aber viel später, kamen die Ziegen durch die Macchia und fraßen die Spitzen der Myrtenbüsche ab, um dann weiter zur Küste zu wandern, wo die Oliven und Weinfelder auf sie warteten. Es stimmt nicht, dass die Welt mit einer Schuld begann.

Sehr klarer Tag. Morgens beim Hinaustreten das Meer dunkelblau. Ganz hinten sah ich ein Schiff, das in der Mitte auseinandergebrochen schien. Es hatte einen orangenen Mast am Heck und ein gutes Stück weiter vorn noch einen zweiten, ebenfalls orangenen. Dazwischen flutete das Meer. Erst als ich länger hinsah, erkannte ich, dass es ein tief ins Wasser eingesunkener Frachter war. Er fuhr auf der Linie des Horizonts vorbei, oder genauer: ein paar Kilometer hinter ihm, denn der Horizont schnitt ihm den Rumpf ab und ließ nur die höheren Stellen von ihm herüberragen.

Ich ging in die Macchia hinauf, nicht auf dem direkten Weg ins Hinterland, sondern über einen Pfad seitlich durch die Steineichen und Felsrippen, die den Hang herunterkamen. Es war ganz still da. Im Aufwärtsgehen, um die Biegungen und Kurven, in denen ich meine Schritte hörte, kam ich mir sofort wieder auf Reisen vor – ich setzte meine Fußwanderung fort, allein die Bewegung der Schuhe tat mir wohl. Wenn ich mich umsah, zeigte sich das Land, bis hinunter zum Meer, in ganz ungewohnten Perspektiven und schien alle Augenblicke wie neu und nie gesehen. Jede Einzelheit weitete sich und hatte Zwischenräume in sich. Links von mir hörte ich eine Stimme und sah dann, nach langem Suchen, einen Schäfer weiter unten, die Kappe auf dem Kopf, er stand hinter einer Mauer, einen Schäferstock auf der Schulter, genau so einen, wie ich ihn mit mir trug, ich sah nur seinen Kopf und seine Schultern, die Schafe blieben mir verborgen. Als ich ihn grüßte, drehte er seinen Kopf ganz langsam zu mir herüber und deutete ein Nicken an. Es kann aber auch sein, dass er mich für einen Verrückten hielt, einen, der ohne Grund und Not in die Macchia hineinlief. Denn seine Augen verengten sich zu Schlitzen und blieben an mir hängen, ich fühlte, wie sie meinen Schritten folgten und noch im Rücken an mir zerrten.

Dann bog der Pfad rechts in eine Senke ab, in der Agaven und Fichi d'India durcheinander wuchsen. Hier war ich noch nie gewesen. Schräg gegenüber blitzte ein Gemäuer durch die Kakteen. Es war ein Haus, aus Felssteinen gebaut, ganz ähnlich wie das Tarantelhaus, ein Hund bellte dort, schien auch zeitweilig näher zu kommen, so dass ich es vorzog, einen größeren Bogen darum zu machen.

Ich hoffte, irgendwo einen Durchstoß nach oben zu finden, entweder zum nördlichen Rand der Macchia – aber dazwischen lag noch eine Schlucht – oder zur Straße hinauf, deren Böschung ich von hier aus schon sehen konnte. Je weiter ich ging, desto trügerischer wurde der Pfad. Plötzlich kam eine Mauer, hinter der ein doppelt so hohes Buschwerk begann, und ich musste da jetzt hindurch, wenn ich nicht umkehren und alles wieder rückwärts gehen wollte. Oben die Straße war im Grunde ganz nah, vielleicht nur hundert Meter entfernt, es ging steil aufwärts, und das verbleibende Stück Macchia war so schmal, dass ich Mut fasste und kurzerhand daranging, über die Mauer hinweg hineinzutauchen und mich Schritt für Schritt voranzuarbeiten.

Mein Glück war, dass ich den Schäferstock bei mir hatte, so konnte ich in die Tiefe vor mir hineinstochern oder die trockenen Ginstersträucher, die voller Stacheln waren, beiseite schieben, auch wenn ich natürlich sofort blutige Striemen und kleine rote Einstiche in den Armen hatte. Die ersten fünfzig Meter in die Macchia hinein kam ich auch gut voran, aber dann, kurz vor der Straßenböschung, zu der ich hinauf musste, wuchsen die Büsche sich zu übermenschengroßem Gesträuch aus. Es waren Myrten vor allem, und dann eine dunklere, dunkelgrüne, sehr hochgewachsene Art von Macchia, in die ich jetzt hineinstieg, mit dem Ergebnis, dass ich nach wenigen Metern hängen blieb. Weder links (dort gab es Felsen und Löcher, die ohnehin unabsehbar waren, aber ich trat auf die Zweige und kletterte mit dem Stock und den Armen voran hinein), noch weiter rechts gab es einen Durchstieg. Ich blieb irgendwo in der Mitte des Busches hängen und erinnerte mich plötzlich an einen Traum, den ich vor ein paar Tagen gehabt hatte: Da hatte ich mich an einem stürmischen Tag schräg am Hang in der Macchia verlaufen und fand nicht mehr heraus, hing noch am Abend zwischen zwei Büschen über dem Boden fest und verwandelte mich in einen Pilz, der nicht mal das Rauschen des Meeres hören konnte.

Ich werde hier enden, genauso wie im Traum, dachte ich. Wenn ich jetzt einen falschen Schritt mache, der mir das Bein bricht, oder wenn ich mitten im Klettern das Bewusstsein verliere, wird kein Mensch mich finden. Niemand. Auch du wirst mich nicht finden. Mir klopfte das Blut in der Stirn. Was tue ich hier eigentlich, dachte ich, und was stelle ich mit mir an?

Zweimal bahnte ich mir einen Weg ins Innere einer Buschverschlingung hinein, jedes Mal ohne weiterzukommen. Ich merkte es, wenn ich ohne Boden und ohne Himmel über mir ungefähr auf halber Höhe hing und nur darauf achtete, dass mir wenigstens die Sonnenbrille nicht herunterfiel oder meine Gürteltasche, in der sich meine gesamte Identität befand, abriss. Gewissermaßen behielt ich in der Kopfgegend einen Rest an Beherrschung und kümmerte mich um die absurdesten Nebensachen. Dieses Gefühl, auf schwankenden Zweigen zu stehen, die sich unter den Sohlen bogen, ohne zu wissen, wo sie herkamen und wie viele es waren, jederzeit darauf gefasst, zwischen sie hinabzustürzen oder sich in ihnen unwiederbringlich zu verfangen.

Herzklopfen und Lachen. Ja, beides zusammen. Zweimal musste ich rückwärts wieder aus dem Busch heraus, was mindestens so kompliziert war wie hineinzukommen, dann suchte ich mir, nach einer kurzen Atempause, schließlich eine Schneise, die zu einer anderen Mauer hinüberführte, nicht mehr zur Straße hinauf, die in unmittelbarer Nähe vor meinen Augen lag, sondern zu den nächsten angrenzenden Oliven etwas südlich davon – was zwar ein gutes Stück weiter war, aber entschieden leichter ging. Die Büsche hier wurden Mal für Mal kleiner, und auch die Zweige (mitsamt ihren Schlingpflanzen drum herum, die sich um meine Arme legten) waren leichter abzustreifen. Irgendwann überquerte ich die Mauer, die der Macchia Einhalt gebot, und fand mich plötzlich wieder auf begehbarem Gelände. Das heißt: Ich fühlte Boden unter mir, trat auf die rote Erde unter den Olivenbäumen, das Licht fiel von oben hindurch und warf wundersame helle Flecken in den Schatten.

Dort setzte ich mich und schnürte meine alten blauen Turnschuhe, die voller Dornen waren. Ein Moment Entronnensein. Kein Mensch, nur eine Art Hütte in der Nähe, aus Stein, weiß gekalkt, unter den Oliven. Eine ausgediente Waschmaschine davor, schon leicht rostig um die Trommel. Ein paar Fliegen summten um mich.

Wie ich dasaß, trat ein Mann hinter dem Haus hervor. Er hatte eine Hacke in der Hand, eine Zappa, mit der er wohl irgendwo in der Nähe in der Erde gearbeitet hatte. Fast erschrak ich, als ich ihn auftauchen sah. Aber er betrachtete mich mit einem unbewegten Leuchten in den Augen und kam dann langsam näher. Ich sei wohl aus dem Norden, sagte er. Von dort oben, wo er immer hingewollt habe. Während

er eine Wasserflasche aus dem Brunnen heraufzog (er hatte sie mit einer Kordel in die Tiefe abgelassen und holte sie Stück für Stück mit den Händen herauf, um sie dann, gut gekühlt und noch triefend vom Brunnenwasser, gegens Licht zu halten und mir zum Trinken zu geben), erzählte er, er habe sein Leben lang davon geträumt, nach Norden aufzubrechen, so wie es viele andere getan hätten. Aber irgendetwas habe ihn davon abgehalten. Er habe es einfach nicht fertiggebracht, von seinen Feldern wegzugehen. Zeitweilig, als der größte Teil seiner Familie, seine vier Brüder und dazu noch seine zwei Schwestern, nach Norden ausgewandert seien, in die Schweiz, nach Deutschland, einer auch nach Norditalien, sei er der Einzige gewesen, der hier das Land bearbeitet habe. Er habe hier ausgeharrt all die Jahre hindurch. Vielleicht bin ich der Einzige, der noch vom Norden träumt, sagte er. Und du?
Ich?
Was hat dich hierher gebracht?
Mir pochte immer noch das Blut in den Schläfen.
Es ist schön hier, unter den Olivenbäumen, sagte ich.
Wir aßen eine Frisa, ein doppelt gebackenes Brot, bestrichen mit etwas Öl und Tomaten darauf, die in einem dicken Bündel vor der Hütte hingen. Und er erzählte mir, dass all die Olivenbäume, wie sie da rings um uns standen, seiner Hände Werk seien. Er habe sie Jahr für Jahr beschnitten, habe Rimonda gemacht, habe das Land um sie beackert, was eine nie endende Arbeit sei, weil die Steine immer wieder von unten aus der Erdentiefe nachwüchsen und, wo es genug Erde gebe, sofort Gras aufschieße und sich in ein unangenehmes Gestrüpp verwandele. Mit seiner bloßen Hand, mit seiner Zappa, die schon zwanzig Jahre auf dem Buckel habe und die er jeden Winter

wieder an ihren Kanten schleife, sagte er, habe er die Kreise um die Baumstämme angelegt, damit man die Oliven von November an herunterschütteln könne und unten am Boden zusammenharken. Ich habe ganze Olivenernten allein gemacht, sagte er, und wenn ich nicht da gewesen wäre, wäre das alles hier längst verwildert.

Später, im Aufstehen, im Abschiednehmen, gab er mir drei dunkelrote Peperoni in die Hand. Die solle ich essen, sagte er, gegen die Hitze. Ciao. Und besuch mich mal bei mir zu Hause, ich wohne gleich hinter der Kirche von Cosma und Damiano. Jedermann kennt mich da. Ciao.

Ciao, sagte ich.

Ich heiße Angelo, rief er noch hinter mir her. Ich bin der Engel, der in der Erde arbeitet.

Die Schritte zur Straße hinauf, über einen Graben, die steile, rutschige Böschung hoch. Plötzlich, wie ich oben war, ging alles wieder wie von selber. Ich trat auf helles Pflaster, die Straße war eine Straße, die ins Land führte, ich ging die Serpentinen in Richtung Meer hinab. Wo war ich? Zurück im bekannten Leben? Oder ganz woanders? Einmal begegnete mir eine Frau, die mit einem Fahrrad den Hang herauf kam. Sie schob es neben sich her. Im Näherkommen grüßten wir uns, schon um uns die Angst voreinander zu nehmen. Dann weiter bergab in der auf mich niederbrennenden Sonne, ich hatte die Peperonischoten in der Hand und biss ab und zu hinein. Das Schiff war mittlerweile auf der Höhe von Tarent angekommen, fast nur noch ein Schemen. Ein Wind wehte vom Hügel her über die Küste und kehrte die silberne Seite der Oliven hervor. Ich spürte ihn in meinem Rücken und hatte Lust, die Arme auszubreiten. So ging ich dahin.

Brechen wir auf?

Ja.

Noch einmal?

Ja.

Heute?

Ja.

Und wohin gehen wir?

Wir stürzen uns in die nächste Sekunde, den nächsten Tag.

Und all diese Male, die wir aufgebrochen sind und wieder zurückgekehrt, was machen wir damit?

Wir nehmen sie in unserem Gepäck mit, wir packen sie in den Rucksack, im Grunde liegen sie da schon, wir müssen sie nur noch auf den Rücken schwingen und aufbrechen.

Werden sie nicht viel zu schwer sein?

Aber nein, sie werden unseren Rucksack leichter machen. Schon nach den ersten Schritten werden wir merken, dass sie unsere Füße förmlich vom Boden ziehen. Sie sind unsere heimlichen, hinter den Schultern verborgenen Flügel.

Echt?

Echt.

Aber draußen wird es schon dunkel.

Wir werden dicht über dem Boden durch die Nacht dahingleiten. Wir werden Eulenaugen bekommen, rund wie der Mond, ein Mond und ein zweiter.

Du meinst, unsere Augen mögen das?

Unsere Augen sind eine Liebesgeschichte. Darum brechen wir ja auf.

Aber ist es nicht auch die Angst, irgendwann aufzuhören, irgendwann aufzuhören anzufangen, irgendwann anzufangen aufzuhören?

Wir haben alles Aufhören in unserem Gepäck verstaut, und es beflügelt uns.

Könnte es nicht auch sein, dass wir vor unserem Rucksack weglaufen, nur dass wir ihn nicht abschütteln können?

Er ist unsere ganze Leichtigkeit.

Immer?

Nein, nein, nur so lange wir das Rauschen in unseren Schultern hören.

Du meinst: so lange wir das Kribbeln in unserem Magen spüren.

Der Rucksack ist unser Magen.

Und wenn es anders kommt?

Dann heiße ich nicht mehr Foscolo.

Und wann genau geschieht das?

Wenn jemand Wackersteine in unseren Rücken wirft.

Der Wolf?

Himmel, nein. Eher der Schrecken rings um uns, der plötzlich wegrutschende Horizont, der Tod.

Der Tod?

Der Tod ist sehr schwer zu orten, er gibt uns Flügel, so lange er verborgen ist, aber plötzlich tritt er aus dem Gebüsch und wirft mit Wackersteinen.

Also fliehen wir vor seinem Anblick?

Wir tanzen vor Freude, ihn nicht zu sehen. Wir tanzen über einen Boden voller Steine, die uns die Richtung weisen, und diese Steine führen ins Zentrum des Labyrinths.

Und noch etwas, das ich erzählen wollte: Vor drei Jahren war das, ich ging über einen Platz in der Stadt, plötzlich kam ein Windstoß und wehte meinen Hut in die Luft, ich sah ihn davonfliegen, als sei es mein eigener Kopf, der sich da vor mir erhob, er gewann sehr schnell an Höhe und schien mir noch irgendetwas zuzurufen, etwas wie: Du kopfloser Held, ehe er mit einem Aufwind über dem Dach des Hauses verschwand und seither verschollen blieb.

Ich ging nach Hause, prüfte im Spiegel, ob ich noch einigermaßen vorhanden war, und kaufte seither keinen Hut mehr, geschweige denn, dass ich je wieder einen anderen getragen hätte.

Und heute. Wie ich mit dem rechten Fuß auf dem Pflaster und dem linken auf der Erde am Rand der Macchia entlanggehe, in größter Einsamkeit, kein Auto überholt mich oder kommt mir vom Horizont her langsam entgegen, es ist ein frischer, fast unwirklich klarer Septembertag, mit einem Licht, das die Hügel landeinwärts in immer intensiveren Farben zeichnet, sehe ich einen Punkt zunächst beinahe unscheinbar von links her auf mich zufliegen, erst denke ich, das ist ein Vogel, aber sein Flug ist eher ein Gleiten und eine nur unmerkliche Verschiebung, und dann merke ich, das ist ein Hut. Er kommt ziemlich genau über die Kette von Eukalyptusbäumen auf mich zugeschwebt, und ehe ich überhaupt richtig nachdenken kann, was es damit auf sich hat, ist er auf meinem Kopf gelandet, und ich spüre, wie eine lange nicht mehr gekannte Wärme über meine Schläfen kommt. Klar? Klar. So war es schon immer, sage ich, und wir gehen in den gerade angebrochenen Morgen.

Skylla und
die Anderen

Foscolo spuckte über den Zaun, und als er noch einmal hinsah, war da ein Vogel.

Erzähl uns Geschichten, sagte ich. Erzähl uns, was jenseits von uns beginnt, erzähl, was wir aus dem Kopf verlieren und anderswo plötzlich wiederfinden, erzähl uns Geschichten über die andere Seite von uns selber, über das Innerste weit draußen, über die Kehrseite unserer Gedanken und Erinnerungen, und über die Tiere.

Foscolo setzte sich auf den Boden und begann zu erzählen. Wir saßen im Halbkreis um ihn und hörten ihm zu. Wenn er eine Geschichte beendet hatte, schauten wir eine Zeitlang schweigend vor uns hin und warteten, dass er weitererzählte. Und wenn er dann die nächste Geschichte begann (manchmal waren es auch Bilder, kurze Momente, Fetzen aus einem weit entfernten Zusammenhang), verbanden wir sie unmerklich, ohne länger darüber nachzudenken, mit den hellen, wattigen Wolken, die über uns herflogen, es war nach einer Weile gar nicht zu verhindern, dass sie die Sätze und Wendungen in sich aufnahmen und selbsttägig weiterbildeten, jede einzelne in einer locker umrissenen Gestalt, manche hatten Fransen an den Rändern, andere schienen sich im Vorüberfliegen zu drehen, leicht und beinahe schattenlos weiß, ohne viel Aufwölbungen und fast ohne Berührung zueinander, so zogen die Geschichten über uns her, die wir mit den Augen verfolgen konnten, während Foscolo sie erzählte.

Der Kuss des Kamels

Ich war einmal in einer gottverlassenen Oase am Rand der Wüste. Abends kamen die Ziegenherden den Weg von den Wasserstellen ins Dorf zurück, in verschiedenen Pulks, man sah zunächst nur dunkle Flecken und Striche, die sich in der Wüste ineinanderschoben, dann erkannte man Hörner und einzelne Körper und hörte das Gebimmel der Glocken, die um ihren Hals hingen. Je näher sie kamen, desto mehr überholten sie einander und drängten auf die Häuser zu, die rechts und links der Sandpiste auf den blanken Boden gebaut waren, um dann zielstrebig, jede Ziege für sich, ohne dass jemand sie lenkte oder beiseite zog, zu ihrem Haus abzubiegen und in ihm zu verschwinden. In diesem Durcheinander von Ziegen, von leisem Gemecker und Glockengeläut, in das sich nun auch noch die Rufe der Hirtenjungen mischten, die ganz am Ende mit ihren Stöcken auftauchten, sah ich plötzlich ein Kamel, das zwischen den Häusern stand. Unbewegt, ruhig, mit leicht heruntergelassenen Augenlidern. Es schien mich nicht zu beachten, und noch viel weniger kümmerte es das Treiben rings umher, das Schnauben der Mäuler, die ersten in den Blecheimer zischenden Milchstrahlen, die bald auch in den umliegenden Häusern zu hören waren und ein ganzes Konzert ergaben. Nur einmal, als ich zu einer Frau hinüberging, um ihr beim Melken zuzusehen, geriet ich in das Blickfeld des Kamels. Das heißt, ich weiß nicht, ob es mich anschaute oder ob es nicht in Wirklichkeit knapp über mich hinwegsah. Es hatte den Kopf weit erhoben und fixierte einen Punkt, der dicht über meinen Haaren zu liegen schien und von da, wenn ich seine Augen richtig deutete, in einer geraden Linie bis in unerhörte Weite führte.

Was es wohl dachte.

Was denkt ein Kamel, wenn es über einen hinwegsieht? Will es einem beweisen, dass man Luft ist? Oder will es einem klarmachen, dass über dem Kopf, dort, wo das Denken der Menschen nicht mehr hinreicht, die eigentlich interessanten Dinge des Lebens ihren Anfang nehmen? Es war kein Zweifel, dass es mir mit seinem Blick etwas bedeuten wollte.

Nur was?

Am nächsten Morgen, als ich vors Haus trat (noch ganz steif, ich hatte die Nacht auf dem Fußboden geschlafen, mit nur einer dünnen Decke und einem Pullover als Kopfkissen unter mir), fand ich mich unmittelbar neben dem Kamel. Guten Morgen, wollte ich sagen. Aber es geschah etwas anderes. Ehe ich mich versah, beugte sich das Kamel von oben zu mir herab und drückte mir seine, wie soll ich sagen, mit Schaumflocken und heimlichem Lachen vermischten Lippen ins Gesicht. Man muss wissen, dass diese Lippen sich nicht nur waagerecht öffnen lassen, sondern auch senkrecht in zwei verschiedenen Ober- und Unterlippen auseinanderklappen, so dass ich von insgesamt vier Lippenteilen getroffen wurde. So plötzlich, wie sich der Kopf aus seiner sonst unerreichbaren Höhe (einer fast horizontalen Linie von den Ohren über die Stirnpartie bis zu den Nüstern) zu mir heruntersenkte, konnte ich gar nicht ausweichen und nahm seinen Kuss als eine sehr stürmisch-klebrige Berührung hin. Ich musste lachen, klar. War das jetzt die Antwort auf all meine Fragen? Der Schaum, gelb noch vom Kauen und ganz ähnlich getönt wie sein Fell, wie seine unglaublich langen Augenwimpern und wie selbst der Gelbstich seiner Zähne, zog eine Spur über meine Backen bis zum Mund, ich fühlte ihn auf der Haut, noch während der Wulst seiner beiden Oberlippen sich auf meine Nase drückte, und ich merkte auch, wie er trocknete, gewissermaßen verwandelte er sich sofort in trockenen Humor. Unwillkürlich hob ich den Arm und wollte ihn wegwischen. Aber als ich jetzt diese gelassenen großen Augen über mir betrachtete und dazu noch das Kauwerk der Zähne, die schon wieder in Bewegung waren, fühlte ich mich einer solchen Fülle von Argumenten gegenüber, dass ich es sein ließ.

Ich blieb einfach stehen und versuchte so ruhig, wie es nur ging, zu ihm zurückzuschauen.

Gut, ich fange an zu lernen, dachte ich. Ich gebe dir meinen Blick zurück, so wie du es wünschst. Aber damit verstehe ich immer noch nicht, was du hinter deinem warmen Fell und deinen Augen denkst. Kannst du mir einen Wink geben? Das Kamel blickte in die Ferne und tat so, als hätte es sich nicht eben zu mir herabgebeugt.

Nachmittags, als die Sonne schon wieder in Richtung Wüste sank, ging es weit hinten zwischen zwei Telegrafenmasten hindurch. Es hatte einen hocherhobenen Kopf und bewegte sich Schritt für Schritt auf die Anhöhe einer sichelförmigen Düne zu. Ich schaute ihm nach, wie es davonging, mit einem leichten Stich in meinem Magen. Dort hinten entschwand es. Ohne Begleitung. Ohne Eile. Es trug alles Wissen mit sich fort.

Skylla

Als sie erwachte, lagerten Hunde an ihren Beinen. Sie versuchte, die Hunde aus ihrem Bett zu stoßen, aber sie knurrten und fletschten ihre Zähne, machten sogar Anstalten, nach ihr zu beißen. Einer schnappte in einer merkwürdigen Rückwärtskrümmung (als würde er von ihr festgehalten) nach ihrem Oberschenkel. Es waren zwei oder drei, vielleicht auch vier, denn so unheimlich nah, wie sie trotz ihrer heftigen Abwehrbewegungen bei ihr blieben, verdeckten sie sich gegenseitig und ließen unter dem Kopf manchmal noch einen zweiten Kopf hervorblicken. Je länger sie dagegen ankämpfte und sich zur Seite wälzte, desto klarer war, dass sie die Hunde in eine zunehmende Angst versetzte. Irgendwie schien es ihnen nicht zu gelingen, von ihr wegzukommen, als seien sie an ihr festgebunden und würden ihre Zähne, den Schrecken ihrer Mäuler nur dazu einsetzen, um sich von ihr loszubeißen. Endlich sah sie, dass die Hunde ihre Beine waren.

Das Telefon klingelte.

Sie lenkte die Beine, beziehungsweise die Hunde, mit den Händen im Türrahmen nachhelfend, zum Flur und nahm den Hörer ab.

Skylla, sagte sie.

Guten Morgen, Skilli, hauchte eine Stimme im Apparat, ich hoffe, du hast noch nicht gefrühstückt. Ich habe frische Cornetti gekauft und komme gleich bei dir vorbei.

In diesem Moment fand einer der Hunde (es waren insgesamt vier, das erkannte sie jetzt deutlich, an jeder Seite zwei, und sie wuchsen kopfüber unterhalb der Knie aus ihr hervor) die Last ihres Körpers offenbar zu schwer, jedenfalls begann er zu winseln.

Hast du Besuch, fragte die Stimme am Telefon.

Nein, sagte sie.

Skilli, du musst mir sagen, wenn es dir nicht passt. Ich gehe hier gerade um die Ecke von der Via Vittorio Emmanuele in die Via Gramsci. Ich bin unheimlich scharf auf dich.

Im Moment ist es schwierig, sagte sie.

Wieso schwierig?

Die Frau von nebenan hat mir ihren Hund überlassen, ich soll ein paar Tage auf ihn aufpassen, er ist noch etwas verängstigt.

Ein Lachen kam aus dem Telefon. Dieser schwarze Zottelbauch wird unseren Anblick ertragen müssen. Vielleicht beruhigt es ihn, wenn wir auf dem Beduinenteppich liegen.

Die Männerstimme fügte jetzt noch ein wolfsartiges Heulen an, das durch den Hörer hallte, so dass alle vier Hunde zu bellen begannen.

Was ist denn los bei dir, sagte die Stimme.

Nichts, sagte sie, wieso?

Das war ja ein ganzer Zwinger.

Ich erklär es dir später, ich kann jetzt nicht, sagte sie und legte auf.

Drei Minuten darauf klingelte es an der Tür. Sie bemühte sich, einen klaren Kopf zu behalten. Als es gleich danach noch einmal und diesmal doppelt so heftig klingelte, riss sie den Schrank auf und warf verschiedene Kleidungsstücke in den Koffer, vor allem die langen Kleider, die sie selten und dann auch nur im Sommer getragen hatte. Dazu einen Mantel und zwei schwarze Röcke, die ihr eine Frau in Griechenland geschenkt hatte. Auf Hosen und Schuhe verzichtete sie. Aber die Stimme, die vorher so sanft und melodiös aus dem Apparat gekommen war, ertönte jetzt hinter der Tür, und sie klang schneidend, wenn nicht bitter, als hätte man ihr die schlimmste Enttäuschung seit langem zugefügt.

Skilli, mach auf.

Die Hunde, offenbar noch nicht stadtgewohnt, bellten etwas verlegen durcheinander. Erst als nun auch Fäuste gegen die Tür schlugen, wurden sie entschlossener und zogen den Körper durch den Flur, es gab keine andere Chance, als ihnen zu folgen, denn

Skyllas Hände fanden nicht genug Widerstand an den Schränken oder den aufgehängten Bildern (Rothko, Tatlin, van Eyck), um sich daran festzuhalten.

Ich bitte dich, komm heute Mittag wieder. Ich bin im Moment wirklich nicht präsentabel, sagte sie.

Ich bleibe hier vor der Tür sitzen und warte, bis du mir aufmachst, sagte die Stimme.

Durch den Spion sah sie, wie sich eine sehr große Nase auf der anderen Seite zurückzog, um Zentimeter für Zentimeter weiter zu einem Gesicht und dann zur Gestalt eines Mannes zusammenzuschrumpfen, der sich auf die oberste Treppe setzte, mit zwei Beinen am Körper.

Sobald es die Hunde erlaubten, arbeitete sie sich zum Koffer zurück, öffnete das Schlafzimmerfenster und ließ sich über die Feuerleiter nach unten ab. Einen Vormittag lang verbrachte sie zwischen Müllcontainern, aus denen es nach verfaulendem süßen Obst roch, dann schlich sie sich im Schutz der parkenden Autos zum Bahnhof, einen weiten Rock um ihre Beine. Sie nahm den Nachtzug nach Catania. Mit anderen Reisenden sprach sie wenig und wenn, so beiläufig, wie es ihr möglich war. Jetzt, Ende Oktober, gab es ohnehin wenige Leute, die in Richtung Süden fuhren. Dass Hunde unter ihr lagen, überging sie mit einem halb entschuldigenden Lächeln. Hinter Neapel tauchte einmal ein Schaffner auf, der vom Gebell verängstigt sofort die Schiebetür zum Abteil zuzog und durch den Schlitz fragte, ob sie auch einen Maulkorb für ihre Hunde habe.

Si, si, sagte sie und schob den Rock noch ein Stück weiter über die Hunde, um zu verhindern, dass eine der Schnauzen hervorblitzte.

In Reggio Calabria stieg sie aus und verschwand über das Steingeröll in Richtung Steilküste. Ein Schäfer, der mit seiner Herde – Schafen und einigen sehr großen, weißbärtigen Ziegen – den Hang herunterkam, stutzte kurz, als er das trippelnde, hechelnde Geräusch von ihren Beinen hörte. Aber dann rief er ihr etwas zu. Alle Furcht war aus ihr gewichen. Auge in Auge standen sie sich gegenüber und warteten, wer das nächste Wort sagen würde. Ein sanfter Wind wehte von Sizilien herüber, und in den Felsen segelten die Mauerfalken. Abends, zwischen den Klippen, mit einem Geruch von Ziegen hinter sich, zog sie das Handy hervor und wählte eine Nummer. Mir geht es gut, sagte sie, mach dir keine Sorgen, ich bin am Meer.

Eine einzelne Welle schlug zwischen den Felsen hoch und sprühte über die Küste. Es klang wie ein fremder Gesang, der aus dem Inneren der Steine kam und sich zu den Seiten hin ausbreitete. Wie sie es hörte, warf sie ihr Handy ins Meer.

Der siebte Engel

Sechs Engel standen aufmerksam da und sahen mich an. Der siebte Engel schlief sofort ein, kaum dass er gelandet war, er kauerte sich in sein Gefieder ein und lag auf einem Stein vor mir, durchfahren von Träumen, die man nur seinen Lidern ablesen konnte. Ein winziges Vibrieren, vielleicht auch nur der schattenhafte Wechsel einer Farbe, das war alles, und sein Traum hatte nichts mit den Tagesnöten zu tun. Es muss ein wilder Engeltraum gewesen sein, denn die Luft blieb ihm im Atmen zwischen den Welten stehen und schien dort in Lächeln zu verfallen. Wie fern er war. Dass ich ihm gegenüberstand, nackt, gerupft förmlich ohne die üblichen Federn seiner Flügel, war ihm offenbar keinen Gedanken wert. Er träumte, kann sein, von Bereicherungen, die über unsere Vorstellungen hinausgehen, von einem Aufglühen des Inneren, bis es sich umschmilzt in die Zeit hinein, er träumte von der völlig jenseitigen Kraft, ein Sterblicher zu werden. Jeder Moment anders, jeder Moment ein Verbrennen des letzten, eine Verwandlung, eine unentwegte, wahnwitzige Veränderung des Körpers, wie sie keinem Engel je zuteil wird und wie sie die Menschen nicht zu achten wissen. Er träumte von einer leibhaftigen Lebendigkeit.

Die Dämmerkammer

Ich ging den Hang hinauf, trat durch ein verwittertes Portal in ein halb eingestürztes Gebäude, durch die Lücken im Gemäuer schimmerte der Golf von Messina herauf, eine Fähre fuhr da von Reggio nach Sizilien hinüber. Ich bog links in einen Raum ein, in dem steinerne Sarkophage oder Tränken am Boden standen, Fliegen summten darin. Wenn ich mich darüber beugte, stoben sie aus der Tiefe auf und schwirrten um mich, als wollten sie mich am Weitergehen hindern. Eine kleine Holztür, fast ein Luke, führte in einen hinteren Raum, und wie ich sie aufzog, Stück für Stück – denn sie klemmte an den Steinen fest – und mich halb gehend, halb kriechend durch die gut zwei Meter dicke Mauer hindurcharbeitete, um an ihrem Ende auf ein herunterhängendes rotes Tuch zu stoßen, das ich mit einem Schwung beiseiteschob, saßen sie plötzlich alle vor mir: Zeus, der Olympier in abgetragenen Turnschuhen, Apollon und Artemis, in eine Wolldecke gehüllt, Poseidon, mittlerweile sehr trocken und ausgedörrt, mit freilich wulstig vorstehender Unterlippe, die alte Gaia in schwarzem Rock, geduckt, geprügelt und die Hand wie zum Betteln vorgestreckt, Pallas Athene mit sehr langem Hals und einer Tasse Tee in der Hand, in der sie unentwegt rührte, der schnaufende Dionysos, den Schädel kahlgeschoren, ein Junge in rotem Smoking ging zwischen ihnen umher und schenkte ihnen aus einer mehrfach gesprungenen und wieder zusammengefügten Kanne nach, das muss wohl Hermes gewesen sein. Persephone ragte nur mit dem Kopf aus dem Boden und schien zur Souffleuse heruntergekommen, überhaupt fiel auf, dass kaum einer redete, es wurde hier nur Schweigen weitergegeben, und wenn einer nicht weiterwusste, ging ein allgemeines Zittern durch die Versammlung, ich sah jetzt auch Kybele, sie hatte ihren Namen in Leuchtbuchstaben an ihre Brust geheftet, vielleicht war sie immateriell, ich traute mich nicht so recht mit den Fingern hinzufassen, denn eine sehr große Krähe flog von ihrer linken Schulter auf die rechte herüber und ließ die flausigen Flügel hängen, sie war noch das Realste von der ganzen am Boden hockenden Gesellschaft hier. Oben entdeckte ich ein Loch in der Decke, durch das das Licht allerdings schräg an die Wand fiel und nie bis zu ihren Köpfen kam, sie saßen im Halbdunkeln, und wenn sie mal aufsahen, dann eigentlich nur, um eine abwehrende, inständig abwinkende Bewegung zu machen wie: Bitte nicht fotografieren. Sie schienen vor nichts mehr Angst zu haben, als in dieser Dämmerkammer entdeckt zu werden. Ich versuchte zu nicken. Keine Antwort. Ihre Schultern sanken stattdessen noch weiter in Richtung Boden herab, auf dem sehr dicke Schafsfelle, vielleicht auch Schafskörper und Ziegenleiber lagen, und erst als ich hindurch war und hinter mir die Tür geschlossen hatte, hörte ich ein lautes, beinahe meckerndes Gelächter.

Das Liebeshuhn

Sie wehte zur Tür herein, umarmte ihn. Hallo, sagte sie, ich habe nur wenig Zeit.

Damit ist die Geschichte eigentlich schon zu Ende.

Die Geschichte geht weiter, als er ein Bein aus dem Bett streckte und sie neben sich liegen sah.

Willst du schon aufstehen, fragte sie.

Kurz darauf hatte er den Eisschrank geöffnet und entsann sich, dass die Geschichte einen Haken hatte. Die halbvolle Flasche Tufo del Greco, die darin gestanden hatte, war nicht mehr da, und das Huhn, das ihm aus dem Gefrierfach entgegengeflogen kam, schlug derart mit den Flügeln, dass er nicht mehr wusste, um was es sich genau handelte.

Sie werden mich vermissen, sagte sie im Hintergrund.

Wie er sich umdrehte, plusterten sich die Bettfedern um ihre Arme auf, und sie erhob sich aus den Kissen, um sehr bald in voller Größe dazustehen.

Wie findest du meinen Kamm, fragte sie.

Du hattest schon immer blaue Haare, sagte er und schlug den Eisschrank zu.

Das ist brutal, sagte sie, so kannst du die Geschichte nicht beenden.

Ich habe Hunger, entgegnete er. Sie flog auf ihn zu und versuchte ihn mit aller Macht in den Topf zu stoßen, um ihn garzukochen.

Mach keine Geschichten, sagte er. In seiner Stimme war etwas Schrilles.

Ich habe keine Lust, dich auf Eis zu legen, sagte sie. Und mit einem Anflug von Melancholie: Wahrscheinlich suchen sie schon nach mir.

Kein Mensch vermisst dich, wollte er sagen, aber seine Stimme gehorchte ihm nicht mehr richtig, es kam nur ein Krähen heraus.

Schnabelwurz, lachte sie.

Er sprang auf den Herdrand und schaute in ihre Augen.

Jetzt, sagte sie. Jetzt jetzt jetzt jetzt.

Besuch

Die große Kreuzspinne hat mich besucht, sie hing am Tag nach der Sonnenfinsternis vor der Tür, sie hatte sich an einem Faden aus der Höhe herabgelassen und mit zwei, drei Punkten an der Morning-Glory vernäht. Ein Trapez mit einem kreisförmigen Netz darin. Manchmal, wenn eine Biene vorbeiflog, griff sie mit den Armen kurz heraus und versuchte, sie zu sich zu ziehen, worauf die Flügel einen entsetzten Zacker durch die Luft machten. Nachher dann sammelte sie sich im Zentrum und lauerte da, kopfüber im Wind hängend, der abends stärker und allmählich ein Sturm wurde, wie in einem Nichts, gelbbraun gebändert mit ihren Armen (oder soll ich sagen: Beinen?), zwischen denen sich die hornfeste Skulptur des Hinterleibs in Richtung Himmel erhob, mit Rillen, Pocken und Narben, als sei es ihr Gigantenkopf, und mit ihm wartete sie auf mich.

Abends

Ein klagender Vogel, vorm Haus. Ich lief hinaus, um nach ihm zu suchen, fand ihn oben im Baum. Es war seine Art zu rufen. Die Klage war sein Lockruf. So auch der Mensch.

Eselsgeschichte

Eines Tages erschien ein Zwillingspaar im Ort, um mich zu kaufen. Das heißt, sie erklärten vor jedem Haus, an dem sie Halt machten, sie wollten einen Esel kaufen. Gaidaron, sagten sie, es war eines der wenigen griechischen Worte, die sie konnten.

Sie trugen Rucksäcke auf dem Rücken, und auf sie hatten sie ihre eingerollten Schlafsäcke geschnallt, als sei der Schlaf etwas, das man am Tag einrollt und auf der Schulter mit sich trägt. Man schickte sie zum einzigen Eselsschlachter von Korinth, den ich selber, wie ich lieber gleich zugebe, nur vom Geruch kenne. Ich bin zwar ziemlich oft an ihm vorbeigekommen, aber hingeschaut habe ich nie. Es waren höchstens Blutflecke auf der Schürze des Schlachters, etwas Dunkles, vermischt mit einem beißenden Geruch, was sich mir eingeprägt hat – und ich machte, dass ich weiterkam. Das heißt: Ich habe auch noch seine Stimme im Ohr, die einmal nachfragte, wann ich wohl dran sei.

Beim Eselsschlachter wollten sie aber nichts. Kein Fleisch, sagten sie, Gaidaron. Und sie ließen sich von einer Schar von Kindern den Berg hinauf geleiten, bis sie bei meinem Stall ankamen.

Nun bin ich, man verstehe es recht, nicht mehr die Jüngste. Grau bin ich, mit einem dunkelbraunen Strich auf dem Rücken. Meine Knochen sind dünn geworden, sie stehen unter dem Fell hervor. Ich bin eine alte Eselin. Vielleicht war ich in diesem Moment die älteste von Korinth, und meine Bäuerin, die es eine ganze Anzahl von Jahren mit mir ausgehalten hatte (sie arbeitete gut für mich, schüttete mir jeden Abend Futter hin, wenn es Sommer war, und führte mich vors Haus, wenn das Gras nachwuchs, in den Monaten des Herbstes und des Winters), sie war selber inzwischen grau geworden. Jedenfalls verfiel sie beim Anblick des Zwillingspaars in eine undurchdringliche Schwermut und sagte, ich sei für eine unbeträchtliche Summe Geld zu haben. Die beiden schienen sofort einverstanden.

Ich hätte nur gewünscht, dass sie einen Blick in meinen Stall getan hätten. So eng, wie er war. Sie blieben aber draußen bei der Frau und aßen mit ihr zu Abend. Durch meine Luke konnte ich sehen, wie sie um einen Tisch im Hof beisammen saßen. Sie hatte ein schwarzes Tuch um den Kopf, das sie meines Wissens auch im Bett nicht abnahm, jedenfalls seit dem Zeitpunkt nicht mehr, als ihr Mann vor Jahren in demselben federquietschenden Bett gestorben war, in dem sie jetzt Nacht für Nacht schlief. Sie saß den Zwillingen gegenüber, die ihr abwechselnd und dann auch manchmal mit einem plötzlichen gleichzeitigen Augenflackern zulächelten. Mal war es der eine, mal der andere und dann wieder beide zusammen, die sie aus ihrem Abschiedsschmerz zu reißen suchten. Aber ihr rannen die Tränen aus den Augen, große, schwarze Tränen. Vielleicht war sie auch so fassungslos, weil sie die beiden nicht richtig unterscheiden konnte. Der eine hatte zwar viel hellere Haare als der andere, und auch ihre Augenfarbe war verschieden, aber sie schienen ihr so jung und fremdartig, dass sie von ihrer Ähnlichkeit in einen doppelten Schmerz versetzt wurde. Castor, sagte der eine. Pollux, der andere. Und sie sahen aus, als müssten sie weit übers Meer gekommen sein.

Morgens, als ich dann aus dem Stall gezogen wurde und die Affigkeit ihrer Rucksäcke auf mir zu spüren bekam, nannten sie mich Eduard. Es schien ihnen egal, dass ich weiblich war. Eduard, so nennen wir einen reichen Baron in bestem Mannesalter, sagten sie, und deshalb würde ich Eduard heißen, ganz gleich, Eduard, riefen sie, und einer von ihnen setzte sich auf mich, während der andere – der Hellere – mich am Strick die Straße hinunterzog.

Die Frau, in meinem Fortgehen, war einer schräg dastehenden Vogelscheuche sehr ähnlich. Nachts hatte ich noch ein Heulen gehört, jetzt war sie stumm, keiner Regung mehr fähig. Addio, Addio, lachten die Zwillinge, und wir tippelten nach Süden aus der Stadt heraus. Einer – der Dunklere – stach bei den letzten Häusern mit einem stumpfen Nagel in meinen Rücken, wohl um mich zu beschleunigen, aber er erschrak angesichts der Rippenknochen, die unter dem Fell zu spüren waren, und ließ es nachher bleiben.

Es hätte ihnen auch nicht viel genützt. Beim südlichen Acker (ich vergaß zu sagen, es war August, und die Sonne brannte vom Hügel auf uns herab, die Zwillinge hatten Hüte auf, große Strohhüte, mit denen sie Schatten auf den Boden warfen) machte ich Halt und bewegte mich nicht mehr. Das war der Punkt, bis zu dem ich sonst immer gegangen war, es war die äußerste Grenze meines Tageslaufs, der mich von dem Olivenhang im Norden bis zum Tomatenfeld im Süden führte, manchmal standen auch Paprika oder Zucchini darauf, die ich in Körbe gefüllt am Abend nach Hause brachte, wenn ich nicht Bündel von Reisig auf meinem Rücken tragen musste, aber nie bin ich über diesen Punkt hinaus gekommen. Sie versuchten mich weiterzutreiben, genauer: weiterzulocken, auch von hinten anzuschieben, was ein sehr eigenartiges Gefühl war und nur dazu führte, dass ich, wenn sie hinter mir waren, auf den Vorderbeinen umkehrte und mich auf den Heimweg machte. Eduard, riefen sie und wollten mich wieder in die alte Richtung stellen, die Richtung nach Süden, nach Argos und Nauplia, wo ich noch nie gewesen war. Es war ziemlich sinnlos.

Schließlich lenkten sie mich seitwärts vom Weg ab zu einem Bauern, wo sie Hafer kauften. Genau genommen ist Hafer in meinem Leben eine Seltenheit. Ich will nicht sagen, dass sie mich bestochen haben. Aber so, wie sie ihn mir gaben, erst aus der Hand und dann, im Sack auf den Rücken geschnallt, immer mal wieder etwas zum Weitergehen hervorholend, konnten wir unseren Weg fortsetzen. Sie sorgten für meinen Unterhalt, und ich führte sie in die Argolis hinein. Das ist die Wahrheit – auch wenn ich die Gegend ebenso wenig kannte wie sie und zwischendurch erdulden musste, dass Straßenarbeiter mit ihren Schaufeln auf mich einprügelten, weil sie mich nicht schnell genug fanden, so dass nun die Zwillinge mich, was seit Jahren nicht mehr vorgekommen war, in einen kurzen, aber veritablen, auf dem Pflaster widerhallenden Galopp versetzten, um ihnen zu entfliehen. Das war auf der Straße nach Mykene, wo wir nachts seitlich der Böschung schliefen, sie in ihren Rucksäcken und ich, mit meiner Kordel festgebunden am Eukalyptusbaum, auf meinen vier Beinen.

Nun muss ich zugeben, dass es mir mühelos gelingt, Knoten zu lösen. So fanden sie mich am Morgen nicht gleich wieder, als sie in ihren Schlafsäcken die Köpfe erhoben. Ich war ins nächste Maisfeld fortgewandert. Und zu meinem nicht geringen Erstaunen erkannte ich jetzt auf Entfernung, dass der eine, der nachts auf der rechten Seite eingeschlafen war, auf der linken Seite lag. Sie mussten über Nacht die Plätze oder die Schlafsäcke gewechselt haben, und als sie schon vom Boden aufsprangen, um mich zu suchen, kam ich ihnen über die Bahngleise, die sie beim Einschlafen gar nicht bemerkt hatten, entgegen, ich hatte noch einen Kolben im Maul.

Das Glück, mich gefunden zu haben (vielleicht aber war es auch die rot aufgehende Sonne über dem Maisfeld), versetzte sie in Begeisterung, und diese Begeisterung, die immer wieder von einem ernsten Vor-sich-hin-Schauen unterbrochen war, reichte bis zum Mittag, als sie links die Burg von Mykene auf einem Hügel sahen und, statt weiter die Straße zu nehmen, die um den ganzen Hügel herum geführt hätte, seitlich vom Weg abbogen und mich auf einem Serpentinenpfad die Anhöhe hinaufgehen ließen, wobei sie immer den direkten Weg bergauf durch die Dornsträucher kletterten, während ich die weit ausschwingenden Bögen rechts und links durchschritt. Manchmal waren sie schneller als ich und sahen mir schon mit ihren zwei blutjungen Gesichtern entgegen, ganz still war es dann, nur mein Schritt über die Steine war zu hören, sie hatten eine seltsame Emphase in ihren verschiedenfarbigen Augen. Die des Hellen waren braun, die des Dunklen grün, und sie hatten beide dieselben sandfarbenen Hemden an und legten sich vor mir auf den Boden, um zu sehen, ob ich über sie steigen würde.

Was soll ich sagen? Ich gewann sie lieb. Ich beugte mich über sie und richtete jedem von ihnen ein Ohr zu. Mykene betraten wir von der Rückseite, wo es weder einen Zaun, noch einen Eingang gab. Wir arbeiteten uns zur Grabkammer des Agamemnon vor – oder was immer es gewesen sein soll –, sie tasteten die aus großen Steinen geschichteten Kuppeln mit den Händen ab, lauschten ihren Stimmen, die von den Wänden wiederkamen, und warteten, dass es vor ihren Augen langsam heller wurde.

Niemand verstand, wie wir in das Gelände gekommen waren. Und hinauszukommen, war auch gar nicht so einfach. Als wir nicht durch das Drehkreuz passten, durch das man uns vorn hinausbefördern wollte, stiegen wir durch ein Weinfeld ab, und sie brachten mir bei, wie man Weintrauben zerquetschen kann. Sie zerdrückten sie mir im Maul und verleiteten mich dazu, sie langsam zwischen den Zähnen zu zerkauen, bis ich im Weitergehen selber rechts und links Bündel von Trauben abriss, um sie mir einzuverleiben, eine Errungenschaft meiner späten Jahre. Dass ich später Bauchschmerzen bekam, will ich nicht verhehlen. Aber das kann auch an ihrem eigenartigen Benehmen liegen, dass sie über die beiläufigsten, alltäglichsten Dinge in Übermut gerieten, angesichts einer Weggabelung oder einer Steintrommel, die am Boden lag, und dazu mit beiden Armen nahezu synchron dieselben Bewegungen vollführten. Auch ergötzten sie sich an meiner Ohrenstellung, die, wenn ich vor mich hinschaute, sie immer wieder wie aus dem Nichts heraus zum Lachen brachte. Nicht, dass sie einander nachahmten, sie taten es nur im selben Moment, als seien sie ein Doppelkörper und, ja, als bestünde eine unsichtbare Verbindung zwischen ihnen, wohingegen sie abends, besonders wenn die Sonne untergegangen war, häufig in Streit gerieten und sich (so geschehen in Argos, wo sie ein Ziegenjoghurt löffelten) über eine Stelle von Tolstois Kreutzersonate in die Haare kamen, die sie beide gerade gelesen hatten, aber jeder auf eine ganz andere, wenn nicht gar entgegengesetzte Weise auslegten. Schließlich musste ich dafür herhalten, sie zum Haus des Tankstellenbesitzers zu tragen, bei dessen Frau sie sich eine Bibel (Biblos, Biblos, sagten sie) im weiß gekalkten Schlafzimmer ausborgten, um ein Zitat zu überprüfen, das in Tolstois Geschichte offenbar wichtig war. Ob es geholfen hat, kann ich nicht sagen. Ich weiß nur, dass sie mich auf dem Markt von Argos verkaufen wollten.

Tags darauf stand ich auf dem Platz, sie hatten ihren Skizzenblock an mich gehängt, mein Verkaufspreis stand darauf, und ein Stück unter uns (davon redeten sie im Dastehen miteinander) lag das abgeschnittene Haupt der Medusa in der Erde. Ich habe eine Menge gelernt in diesen Tagen. Es gab ein paar Männer, die mir in die Zähne griffen und mich unter Hohnlachen über den Platz galoppieren ließen. Ihr Gewicht tat mir weh im Rücken, und ich nehme an, dass meine Rückenknochen ihnen ebenso schmerzhaft in den Körper stachen. Genommen hat mich keiner. Nach dem dritten Tag zogen wir weiter, und sie taten so, als sei ich für sie ein wiedergewonnener Freund geworden oder, wie soll ich sagen, als hätten wir alle drei eine Probe bestanden.

Das dicke Knie, das ich mir bei den Gewaltritten über den Platz von Argos eingehandelt hatte, hinderte mich nicht daran, den Weg in Richtung Sparta einzuschlagen. Ich begann allerdings, sowie ich auf Asphalt kam, unweigerlich zu humpeln und zog es vor, in Böschungsnähe zu gehen, wo es weicher war. Als ich merkte, dass sie nicht widersprachen, sondern mir die genauere Route überließen, bog ich auf kleinere Pfade ab und zog sie von nun an, zwischen Felsblöcken und Agaven, ins wilde Land hinein. Auf diese Weise verirrten wir uns so gründlich, dass wir am dritten Tag zwischen zwei abwärts stürzenden Hängen ganz hinten einen Tempel sahen. Ich sollte lieber sagen, es handelte sich um zwei über den Boden aufragende Säulen. Aber genau das war es, was sie elektrisiert stehen bleiben ließ. Sie verfielen in ein gemeinsames, beinahe unbewegtes, zwillingshaftes Schauen, das erst aufhörte, als ich mich wieder in Bewegung setzte.

Wir wanderten zwei Stunden auf die Säulen zu. Ein Bach floss in der Nähe, der Boden fühlte sich weich an, und ich hatte keine Schmerzen mehr in den Beinen. Der Hellere saß auf mir, während der Dunklere neben mir herging, wobei ich die ganze Zeit einen Verdacht verschwiegen habe. Als ich zu den Stufen kam, gingen sie die letzten Meter ohne mich bis zu den Säulen weiter und ließen sich vor ihnen nieder. Jetzt – es war Nachmittag – sahen sie auf einmal beide sehr erschöpft aus.

Ich betrachtete sie ruhig. Der Hellere saß links, mit dem Rücken gegen die Säule gelehnt, die der Sonne näher war, der Dunkle fünf Meter daneben, schon im Schatten. So wurde es Abend. Die Sonne versank, und die Nacht brach über uns herein. Dieses Mal wollte ich es wissen. Ich blieb im Dunkeln stehen und fühlte die Kühle des Nachtwinds über mein Fell streichen. Dass ich sterben werde, weiß ich. Schwachsinn zu denken, dass eine Eselin wie ich keine Ahnung vom Tod hat. Sogar Hunde kennen ihn meinen Beobachtungen nach schon lange, bevor er eintritt, und verkriechen sich, wenn er kommt, in irgendein verborgenes Versteck.

Ich machte diese Nacht kein Auge zu. Ich schaute die beiden an, die ruhig, wie im Schlaf, vielleicht sogar wirklich schlafend und in den kommenden Morgen träumend, vor mir saßen, und als es dann Tag wurde, sah ich, was ich im Grunde längst gewusst hatte: Der Helle hatte dunkle Haare. Er, der gestern noch hell war, war heute dunkel, und der Dunkle neben ihm war jetzt hell. Sie wechselten Tag für Tag Hell und Dunkel aus. War der eine voller Dunkelheit, trug der andere das Licht in sich, ohne dass sie diesen Wechsel nach außen hin zu erkennen gaben. Keiner von ihnen war einer, und zusammen – das machte ihre schwer begreifliche, menschliche Schönheit aus – trugen sie die Extreme des Himmels und der Finsternis in sich, die sie zum Leben brachten. Der Erste, der erwachte – weil die Sonne von rechts aufging –, war der Helle, der heute Helle. Er schlug seine Augen auf, und als er mich vor sich sah, grau, alt und mit aufgerichteten Ohren, liefen ihm schwarze Tränen übers Gesicht.

Begegnungen mit Schlangen

Während ich dasaß und über einen Satz von Tschechow nachdachte (Ich persönlich, so steht es bei Tschechow, bin mir wenigstens heute, wenn ich mich an mein Leben erinnere, klar bewusst, dass mein Glück gerade in jenen Minuten lag, als ich, wie mir damals schien, am unglücklichsten war), glitt eine Schlange an meinen Füßen vorbei. Sie berührte fast die Zehen und glänzte schwarz, in ihren drei Wellen Länge, die ungefähr einen Meter ergaben. Mich selber schien sie im Vorbeistreifen nicht bemerkt zu haben. Es war nur ein sehr leises Rauschen, das von ihren Bewegungen durchs helle Gras ausging. Obwohl ich sonst immer einen Schreck bei Schlangen bekam, blieb mein Körper in dieser äußersten Nähe ganz ruhig, als gäbe es ein Aussetzen der Angst, wenn die Gefahr einfach zu nahe ist, oder als würde der Körper in eine überlebenswichtige Gelassenheit gezwungen, und ich lächelte ihr zu. Vielleicht fühlte ich mich auch in einen hypnotischen Zustand versetzt, in dem der Unterschied zwischen Menschen und Tieren keine Rolle spielte und selbst die bedrohlichen, aus irgendeiner eingeübten Gewohnheit angsterregenden Lebewesen einem so nahe kamen, dass man ihre Gedanken und Gefühle lesen konnte. Natürlich dachte ich nicht darüber nach, ob die Schlange giftig war. Aber selbst wenn es eine der hier äußerst seltenen Vipern gewesen wäre, hätte ich wahrscheinlich meine Zehen nicht bewegt. Es ging auch alles zu schnell. Der Tschechow-Satz und die plötzlich vor mir auftauchende Bewegung – andere Schriftspur, andere Buchstabenfolge im Gras – ließen mich wie eingewachsen vor der großen Steinmauer sitzen, den Kopf im Schatten, die Füße genau dort, wo die Sonne begann, und in sie hinein schob sich die Schlange in leichten Windungen, die nichts von Eile hatten, um kurz darauf aus meinen Augen zu verschwinden und nur noch eine Erinnerung an ihren leise hingeschriebenen Kommentar zu hinterlassen.

Womit ich nicht gerechnet hatte, war, dass Schlangen in die Bäume steigen. So ging ich am Morgen meines Wegs, streifte dicht an den Stämmen zweier Pinien vorbei und merkte, dass etwas Dunkles, Längliches durch die Luft zu mir heruntergeflogen kam und unmittelbar vor meinen Füßen landete. Erst im zweiten Moment sah ich, dass es eine Schlange war, die jetzt, leicht schillernd, ihre Enden sortieren musste und sich in einem Knäuel um sich selbst wand, während ich gerade im Begriff war, auf sie zu treten.

Das Erstarren, nicht etwa vom Kopf, sondern von den Beinen her, kam so planmäßig, dass ich mit dem Fuß in der Luft stehen blieb, alle Muskeln umlenkte und kurz darauf einen Schritt rückwärts machte. Fast hätten wir uns ineinander verwickelt. Denn auch sie, die Schlange, schien von meinem Auftauchen so überrascht zu sein, dass sie einen Moment nicht wusste, wohin sie fliehen sollte. Gewissermaßen schnitt ich ihr den Weg ab, und es war sehr unklar, wo sie Deckung finden sollte. Es fehlten nur Zentimeter, und sie wäre in den Angriff übergegangen. So aber entwand sie sich in einer blitzartigen Seitenbewegung zu den Büschen hin, und ich, der ich vor ihr rückwärts ging, hörte mein Herz im Hals klopfen.

Zagaras sind die größten Schlangen in Süditalien. Sie haben eine gezackte Linie auf ihrem Rücken und bewegen sich, besonders wenn sie etwas gefressen haben (eine Maus, ein Hühnerei, eine Ratte), so träge durch das selber schlangenförmige Tal, dass man denkt, sie müssten einer anderen, langsameren Zeit angehören. Wenn sie durch eine Steinmauer kriechen, sind sie leicht zu übersehen, denn sie haben eine ähnlich graue Farbe wie die Felsen, und für einen Moment scheint es, als seien die Steine selber in Bewegung. So eine Zagara, die gewaltig in die Breite wachsen kann, geht ihrer eigenen Wege, und man kann nie sicher sein, wo man ihr begegnet.

Anfang September bin ich in die Steinhütte am Rand der Schlucht gekommen. Unter dem Ziegeldach gab es ein Holzgerüst, ein dicker Balken lief unter dem First entlang, und mich irritierte, dass ich einen größeren Lappen daran hängen sah. Meines Wissens war der vorher nicht da gewesen, und als ich nun näher hinblickte, merkte ich auch, dass es gar kein Lappen war. Es war ein Zopf, ein langer, in sich gewundener Zopf, der dort vom Balken herunterhing. Er war nahezu ruhig, bewegte sich nur ab und an leicht hin und her, und dann sah ich einen Zagarakopf auf der oberen Seite des Balkens. Erst erkannte ich einen, und dann einen zweiten. Es waren zwei Zagaras, die sich da umeinander verschlungen hatten und im Zustand verzückter Liebe waren – sie hingen im Dach, ihre Köpfe hatten sie voneinander abgewandt, aber ihre Schwänze, ihre Körper, ihre ganze massige Länge hatten sie in einer doppelten

Spirale umeinander geflochten, und sie nahmen mich nicht einmal wahr, sie hingen den ganzen Tag dort, in einer befremdlichen Ekstase, und später, als ich wiederkehrte, erlebte ich tatsächlich diesen Moment mit, wo sie ihre Schwanzspitzen ganz am Ende aufeinander zu bewegten, um sie ineinanderzutauchen. Wer Mann und wer Frau war, konnte ich von unten nicht sehen. Es war ein einziger Zopf. Sie blieben hängen, noch den ganzen Nachmittag und den Abend hindurch, und erst als ich am nächsten Vormittag wieder nach ihnen schauen wollte, waren sie fort.

Geschichte der Luft

Durchfliegende Gedanken, Zugvögel, Sehnsuchtsschreie.

Das Mädchen von der Levante

Das Mädchen von der Levante wollte nicht mehr nach Hause zurück. Da kam ihr ein Frosch zu Hilfe und schlug sie gegen die Wand. Verwundert erwachte sie aus ihrem Albtraum und empfand sofort große Lust, mit ihm über die nassen Steinfliesen zu hüpfen. Sie war von Kopf bis Fuß grün. Und sie war schön, so schön wie überhaupt nur ein Frosch sein kann.

Der Körper ist unser Haustier

Verstehen Sie, sagte der alte Mann am Straßenrand. Es ist doch so. Der Körper ist unser Haustier. Ein Leben lang bewegen wir uns mit ihm und staunen, was für Schnippchen er uns schlägt. Er wird sehr viel schneller älter als wir, er altert rapide, wie das bei anderen Haustieren wie Hunden oder Katzen ebenso der Fall ist, nur dass wir es lange nicht wahrhaben wollen. Oder irre ich mich? Unser Haustier verfällt, es verliert an Kraft, und wir können es nicht fassen. Keine Spur, dass wir es selber sein sollen, die so ins Altern und in die Sterblichkeit gestoßen werden. Hören Sie mir zu. Es ist doch, dreißig Jahre zurückgerechnet, kein bisschen anders mit uns geworden, nur dass wir in der Zwischenzeit natürlich Verschiedenes erlebt haben. Vor allem haben wir das Haustier erlebt. Manchmal, wenn wir schon fast überdrüssig sind, den Blick darauf zu werfen, und denken, ach komm, vergiss es, ist es über Nacht krank geworden und zieht uns in seine Schwäche hinein. Wie ein Sog. Wir sind in sein Fieber gestürzt, und wieder gesundet, sagen wir dann: Wie gut, dass es wieder mein Haustier ist.

Aber das Haustier ist böse. Es hat die Angewohnheit, uns heimlich vorzugaukeln, es handele sich bei ihm um nichts anderes als um uns. Bloß weil es ohne uns nicht leben kann. So ist es doch. Es will, dass wir sein Tempo annehmen. Dort liegt der eigentliche Skandal, wenn Sie mich fragen. Grüßen Sie Ihr Haustier von mir.

Ein Summen

Es ist schwierig, um diesen Menschen da zu fliegen, besonders am Morgen, besonders wenn er ins Denken versunken ist. Unvorhersehbar nämlich hebt er seinen viel zu großen Arm und schlägt nach mir. Als wollte er, oder nein, als müsse er mich ganz unbedingt in die Luft verscheuchen. Es hat etwas Wirres, wie er mich zu seinem Feind erklärt. Eine einfache, vom Geruch seiner Lippen angezogene Tänzerin der Luft. Schon in Höhe seiner Schultern wird er nervös. Und wenn ich zu seiner Stirn aufsteige, fühlt er sich angegriffen und fährt mit der Hand dazwischen. Es scheint, dass er meine Botschaft nicht versteht. Seine Lippen, die wunderbar aufgehen, wenn er eine Silbe oder eine geschwungene Wendung in die Landschaft spricht, verschließen sich unnötig panisch, sowie er meine Flügelgeräusche hört, so als wüsste er nicht, dass sie das Innerste seiner Wünsche sind. Es wird Tage brauchen, bis ich ihm diesen Zusammenhang erklärt habe. Aber am Schluss werde ich in sein Denken einfliegen, und es wird ein heimliches Summen in den Worten geben, wenn sie davonschwirren und den kommenden Honig in sich tragen.

Mittags

Die Möwen haben die Küste in Beschlag genommen. Jeder Quadratmeter Sand durchwandert von Möwenspuren. Fußabdrücke kreuz und quer, wie übereinandergeschriebene Schriftzeichen, die einen Tanz ergeben.

Soll ich mittanzen?
Über mir ein Möwenschrei: Du tust es ja schon.

Nachbemerkung

Foscolo sagte: Das Tier ist die Rätselform des Menschen.

Ein andermal sagte er: Die Tiere leben in unserer Sprache, und wir merken gar nicht, wie nah wir ihnen sind. Denn wir sind ja im Grunde selber gar nichts anderes als sie, nur dass wir sprechen können.

Aristoteles sagt: Der Mensch ist das Sprachtier.

Besser wäre es noch, zu sagen: Wir sind die Hieroglyphentiere.

Man muss sich das vorstellen. Wir, diese seltsam zweibeinigen, aufrechten, sprach- und schriftfähigen Lebewesen, wir machen uns Bilder von den Tieren, zeichnen sie aufs Papier oder auf die Höhlenwände, malen sie in unseren Träumen aus und verdoppelt sie ein Leben lang in Symbolen und in Schriftzeichen. Wir sind die Tierbildtiere, die Sterblichkeitsverdoppler, sagte Foscolo, die Doppelzeitlichen, die Zukunftsvergänglichen, die Schrift- und Geistestiere. Und bei alledem denken wir seltsam beharrlich, dass wir mit den Tieren nichts zu tun haben. Wir stehen über dem Tier, sagen wir, es ist unsere besondere Gunst, dass wir mit unseren fünf oder sechs Sinnen über das Tier hinaus sind, wir haben es geschafft, es vor die Tür zu sperren, es zu töten, zu überwältigen, aufzuessen jeden Tag wieder und gegebenenfalls zu unserem dienstbaren Geist zu machen. Die Tiere sind das, was wir von uns ausgeschlossen haben. Wir haben sie gezähmt, gebannt, so wie wir die Wildnis in Äcker und Städte umgeformt haben. Aber während wir noch glauben, dass wir sie damit losgeworden sind, existieren sie unaufhörlich in uns weiter.

Es ist doch auffällig, sagte Foscolo, dass wir immer da, wo wir in unsere Rätsel eindringen und an die Weisheit rühren, zum Bild des Tieres greifen. Plötzlich sind da Lamm, Adler und Schlange, alles Symbole, sagen wir, plötzlich sind es die Stiere und Pferde der Höhlenzeichnungen, die unsere Gedanken wie eine Frühform der Schrift durchziehen, und wir werden zu symbolischen Tieren, zu Zeichentieren, fleischfressenden Gedankentieren, die sich die Welt aneignen bis in das Innerste ihrer erhabenen und sich erhebenden Ideen, wir verwandeln das Animalische in die Seelenvögel der Sehnsucht, in die Anima, in die sprachmächtig sich vom Boden erhebenden Tiere, die uns jetzt im Kopf erscheinen, wie Fremde.

Tiere sind unsere Wesen, sagte Foscolo. Und dass es so viele sind, genau das ist unser menschliches Wesen. Und wenn wir sie sehen, manchmal, erinnern sie uns daran, was wir immer schon gewollt haben. Sie sind die andere Seite in uns, sie sind unsere Hieroglyphen, die wir ein Leben lang zu entziffern suchen.

Ich oder wer?

Der große Zeh ragt in die Welt hinein, vor mir, hinter dem Blatt Papier, auf das ich schreibe. Bin das noch ich? Zugegeben, die Sonne scheint darauf (es ist ein warmer Sommervormittag, in dem die Bienen summen), und wenn ich ihn bewege, bewegt er sich.

Was er wohl denkt, der große Zeh, während ich ihn bewege und er sich für mich bewegt? Die Schrift sinkt ins Papier ein, wie in Löschpapier, sie franst an den Rändern aus, aber das ist noch keine Antwort.

Es hat keinen Sinn, ihn abzumalen, den Zeh, er ist knapp einen Meter von meinem Schreibstift entfernt, und ihn mit Strichen und Schraffuren zu fixieren, würde nicht viel weiterhelfen, ich hätte wahrscheinlich nur ein nächstes Problem, diesmal von der Zeichnung her, um gar nicht erst von der Hand zu sprechen, die mir näher ist, aber nicht unbedingt verständlicher.

Vielleicht, wenn ich jetzt aufstünde und zum Meer hinunterliefe, würde ich sagen: Dieses Laufen ist mein ganzer Zusammenhang. Es gibt mich in diesem Laufen, jeden Augenblick nehme ich eine andere, neue Haltung in ihm an, aber ich bin in ihm vorhanden, mit Händen, Füßen und all dem Rest, über den andere entscheiden mögen. Ist das so?

Wo fangen wir an? Wo hören wir auf? Sag. Ich und du. Wo verläuft die Grenze zwischen uns? Gibt es da überhaupt eine Grenze, die uns erlaubt, ich zu sagen, und wenn es sie gibt, ändert sie nicht andauernd ihre Gestalt, weitet sich in die Landschaft hinein oder zieht sich zu einem windigen Punkt zusammen, der irgendwo in unserem Inneren verloren liegt? Es wäre ganz gut herauszubekommen, was da vorgeht, wenn wir wie selbstverständlich ich, du oder wir sagen. Ist es eine Ortsbestimmung, ein Zauberversuch, eine Kontaktaufnahme, eine Machtausübung? Und wenn wir das sortiert haben und uns einigermaßen deutlich zu unterscheiden meinen, wie hängen wir dann zusammen?

Ich, erster Versuch.
Ich bin der, der in meinem Körper steckt.
In diesem Körper, seht ihr?
Hier bin ich.
Wenn ich abwesend bin, ersetzt mich mein Name.
Mein Name oder besser: mein Bild in euch.
Es ist ein Bild, das in euch größer und kleiner werden kann, je wie ihr gestimmt seid.
Wenn ich wiederkehre, trete ich in euer Bild von mir.
Dann werden wir weitersehen.

Foscolo sagt: Das Ich ist ein Feuer, das jeder von uns in sich trägt. Es brennt nicht nur in unserem Inneren, sondern schlägt in den Raum hinein, es umgibt uns und gibt uns den Anschein von Unverkennbarkeit. Das Feuer, das sich verzehrt und bei jedem andere Formen hat, ist unsere Art, sichtbar zu werden und unverwechselbar zu sein, für uns und für die anderen. Seine Nahrung ist alles, was uns nahesteht und was wir unser Eigen nennen. Es brennt aus der Erinnerung, und es brennt aus unseren Wünschen. Sein Brennen, ausgreifend und sich zurücknehmend, ist ein dauernder Vorgang, die zerflatternden Teile des Lebens einzuschmelzen und zu einem Zusammenhang zu machen. Wir tun das nicht willentlich, nicht absichtlich, sondern einfach weil wir das Feuer haben. Das Feuer, das wir zuweilen Ich nennen, ist ansonsten etwas sehr Eigenartiges, denn es gehört uns nicht. Wir gehören ihm, und mit seinem Brennen versuchen wir über uns hinauszukommen.

Soll ich Zeugen berufen, andere Zeugen? Wenn man in die Geschichte zurücktaucht, erscheint sofort eine ganze Reihe von Gestalten, die von rechts und links aus dem Dunkel treten und ihre Stimme erheben, einschmeichelnd, manchmal ist es ein Murmeln von mehreren. Hörst du mich? Willst du wissen, wie es um dich bestellt ist? Schräg von oben kommt alle paar Minuten eine Donnerstimme, die die Wolken zerreißt. Ich bin, der ich bin. Dann folgt ein Grollen, in dem man Zeit hat, der Parole nachzusinnen. Einige wechseln schnell ihre Plätze. Andere kauern sich an den Rändern in sich zusammen und fangen an zu grübeln. Ein Stück vor mir sitzt Angelus Silesius und sagt: Ich weiß nicht, wer ich bin, ich bin nicht, was ich weiß, ein Ding und nicht ein Ding, ein Stüpfchen und ein Kreis.

Kannst du das noch einmal sagen, sage ich.

Und Angelus Silesius wiederholt: Ich weiß nicht, was ich bin, ich bin nicht, was ich weiß, ein Ding und nicht ein Ding, ein Stüpfchen und ein Kreis.

Es ist aber doch ganz sonnenklar, erklärt Marsilio Ficino, der hinter ihm zwischen Säulen wandelt, jeder Einzelne von uns ist ein Teil des großen Weltenkörpers.

Hör nicht auf ihn, sagt Descartes. Es hat keinen Sinn, die Dinge zu vermischen. Und noch viel sinnloser ist es, den eigenen Sinnen oder Gefühlen zu vertrauen. Der einzige Beweis, den wir von uns haben, ist unser Denken. Ich denke, also bin ich.

Falsch, ganz falsch, sagt Herder. Es muss heißen: Ich fühle mich, also bin ich.

Irgendjemand im Hintergrund flüstert: Ich habe Hunger, herrje, also bin ich.

Auch gibt es Leute, die sagen: Ich rufe, ich mache auf mich aufmerksam, ich schreie meinen Schrecken und meinen Jubel in die Welt hinaus, also bin ich.

Bei mir ist das nicht so, sagt einer. Ich brauche Zigaretten. Wenn ich keine Zigaretten habe, kann ich meinen Atem und meine Verbindung mit der Welt nicht spüren. Ich rauche eine Zigarette, also bin ich.

Derweil erhebt sich Johann Gottlieb Fichte an seinem Denkerpult und verkündet: Ich bin, also ist die Welt.

Georg Wilhelm Friedrich Hegel ist in seinem Rücken etwas nervös geworden und wirft ein: Wer sich selbst findet, hat die Welt verloren. Wer die Welt findet, hat sich selbst verloren.

Natürlich hat er schon eine geheime Verbindung in seinem Hinterkopf, aber er entfernt sich in einer Seitennische.

Jetzt beschleunigt sich die Szene.

Novalis tanzt über den Holzboden und sagt: Nach innen geht der geheimnisvolle Weg. In uns oder nirgends werden wir die verborgenen Schätze finden.

Karl Marx hält ein Buch in die Luft und ruft: Was inneres Licht war, wird zur verzehrenden Flamme, die sich nach außen kehrt.

Ich bin mir der Einzige, und die Welt ist mein Eigentum, sagt Max Stirner.

Pascal ruft sich in Erinnerung: Das Ich ist hassenswert.

David Hume bemerkt: Das Ich ist wie die Seele im Grunde gar nicht erfassbar. Bestenfalls ist es die Gesamtheit meiner Wahrnehmungen. Aber das ist nur eine Illusion von Übersicht und Einheit.

Ernst Mach prostet ihm zu und befindet: Das Ich ist bei klarem Licht besehen unrettbar.

Inzwischen ist Freud aufgetaucht. Er erklärt schon von weitem: Das Ich ist selbstverständlich nicht Herr im eigenen Haus. Es gibt den viel mächtigeren Bereich des Unbewussten und der Triebe, die unser Leben bestimmen, während wir noch glauben, wir hätten sie im Griff. Dann gibt er die Parole aus, und er schreibt sie eigenhändig an die Wand: Wo Es war, soll Ich werden.

Neben ihm steht Jacques Lacan und interpretiert den Satz so, dass er sich fast in sein Gegenteil verdreht. Es gehe nicht etwa darum, sagt er, das Unbewusste in die Helligkeit des Bewusstseins zu heben, sondern man müsse gerade umgekehrt die Dunkelstellen, die Risse und Lücken in sich selber finden und ihnen nachgehen, um sich vom Trugbild des Ich zu befreien.

Das Ich ist ein Trugbild, wiederholt Lacan.

Rimbaud ruft von Übersee: Ich ist ein Anderer.

Deleuze schließt kurz die Augen und fügt hinzu: Überhaupt muss man aufhören, sich als Ich zu denken, um wie ein Strom zu leben, eine Vielzahl an Strömen, in Beziehung zu anderen Strömen außerhalb und innerhalb seiner selbst.

Ich bin die Vielen, sagt Elisabeth von Samsonow am Ende der Wiener Mohrengasse.

Emmy Hennings stimmt ihr bei: Ich bin so vielfältig in den Nächten.

Jetzt treten die Hirnforscher auf und sagen: Genaugenommen gibt es gar kein Ich, sondern nur Ich-Zustände. Und sie alle sind mit ganz verschiedenen Gehirnregionen verbunden. Wenn eine davon wegfällt, bleiben noch die anderen übrig.

Im Vordergrund geht Ernst Bloch vorbei und brummt vor sich hin: Ich bin. Aber ich habe mich nicht. Darum werden wir erst.

Wer nun, wo nun, fragt Samuel Beckett. Und sie schauen sich beide durch ihre Brillengläser an.

Das eigene Leben. Schwierige Sache. Es ist das einzige Leben, das man hat. Andererseits hat man es nicht. Es hat einen im Griff. Man ist vollständig abhängig von ihm, oder soll man besser sagen: Man ist ganz und gar in ihm? Es umhüllt einen. Wer ist das, der da sagt, er sei es oder gar: er sei es selber? Er ist sein eigenes Leben. Nur kann er es nicht ergründen. Es ist ihm wohl näher als all die anderen, auch wenn er das meistens vergisst. Er kann die anderen überhaupt erst sehen, weil er sein eigenes Leben hat. Und wie lange es da ist, sein Innerstes, sein Auftraggeber, Brotgeber, darüber weiß er nicht viel zu sagen. Man versucht es manchmal zu überlisten, versucht, ihm Diktate zu erteilen. Aber lebend gelingt einem das nicht. Man könnte es nur beherrschen, wenn man es wegwirft. Verrückte Angelegenheit. Erst wenn man nicht mehr da ist, wüsste man, was es ist.

Ich, zweiter Versuch.

Es gibt einen eklatanten Widerspruch, der sofort auffällt.

Ich bin ein Einzelner, sogar ein Einziger, aber ich bin nicht eines.

Wo immer ich über mich nachdenke, bin ich mindestens schon zwei. Man muss nur auf die Sprache achten, um diesem Fallstrick auf die Spur zu kommen. Wir sagen: Ich bin mir ganz nahe. Ich habe mich gefunden. Ich bin wieder einigermaßen bei mir. Endlich komme ich zu mir. Immer sind es zwei, die da miteinander in Beziehung treten. Einer, der sucht, und einer, der gesucht oder angesteuert wird. Sie stehen in einer Nähe oder Ferne zueinander, bestenfalls nehmen sie miteinander Kontakt auf, doch sind sie nie deckungsgleich, und selbst wenn man sagen würde, jemand stimme inzwischen ganz mit sich überein, will das nur heißen, dass er in einem spürbaren Austausch mit sich ist. Wer glaubt, dass er mit sich identisch ist, ist in Wirklichkeit mit sich gut Freund.

Man könnte beschwichtigen, das sei nur ein logisches oder sprachlogisches Problem, zum Beispiel habe es mit der menschlichen Reflexion zu tun, die einen Denkraum in uns aufspannt und uns in zwei Pole zerteilt, die gegenseitig Strahlen aufeinander werfen. Aber das rettet nichts. Die Verdoppelung ist da, und sie kann die verschiedensten Formen annehmen. Ich kann mich aufteilen in den, der ich war, und den, der ich sein möchte. Oder ich bin aufgespalten in Ich und Selbst, in Ich und Über-Ich, in Ich und mein Spiegelbild, in Ich und meine gesellschaftliche Rolle. Spätestens seit dem Moment, wo man sich als Kleinkind zum ersten Mal im Spiegel sieht und, wie Lacan es beschreibt, mit einer jubilatorischen Geste auf das Double reagiert, das man selber ist, nimmt die Zweiteilung von kleinem personalen Ich (französisch: je) und großem bildmächtigen Ich (französisch: moi) ihren Lauf. Von da an beginnt das Labyrinth des Sich-Verlierens und Sich-Findens.

Hannah Arendt erinnert daran, dass die Formel Ich-bin-ich schon einen Keim der Schizophrenie in sich enthält, es gibt ihr zufolge eine grundsätzliche Dualität, die unsere menschliche Existenz ausmacht, und sie rät davon ab, sich in den Strudel der Selbsterkenntnis zu stürzen, weil er nur in die Irre führe, jedenfalls nicht zu einem selbst.

Andere haben versucht, die Krux zu umschiffen, indem sie auf ältere, ursprünglichere Formen zurückgriffen. Bloch spricht von einem Bin, das dem Ich-bin noch vorausgeht und als heimliche Triebkraft zu ihm hinführt. Lambert Wiesing entwickelt ein Mich, das die Wahrnehmung in den Menschen bringt und, wenn die Wahrnehmung einmal da ist, alle Ich-Bildung erst auslöst. Aber wie immer man es anstellt, ob man es verkleinert oder zurückdatiert: Sowie das Ich auftaucht, fängt es an sich zu verdoppeln und vervielfältigen.

Erkenne dich selbst.

Werde, der du bist.

Wer ist es, der da spricht? Spreche ich zu mir? Reden andere auf mich ein? Oder bin ich es, der mit den Stimmen der anderen auf mich einredet?

Die Zahlen nehmen zu.

Schon wenn ich spreche, wenn ich mich zu Wort melde, wie jetzt, wo ich in den Himmel voller krisseliger Wolken blicke und darunter die Hand sehe, die über das Papier hin schreibt, Wort für Wort aneinanderfügend, werden lauter Stimmen in mir wach. Denn in meiner Sprache, in jeder Wendung und Fügung ist eine Vielfalt von Geistern und Geistesverwandten unterwegs, nicht nur eine Grammatik, sondern ganz verschiedene, vermischte, in die Worte eingesickerte Stimmen und Tonfälle, die aus dem Inneren auftauchen. Ich habe sie nicht erfunden, viel eher sind sie es, die mich dazu bringen, da zu sein und meiner bewusst zu werden. Ich mag sie sortieren und in eine bestimmte Richtung oder Ordnung bringen – damit schaffe ich es noch lange nicht, sie von mir fernzuhalten. Sie sind ein Gemurmel in mir, ein Geflüster, ein Chor aus ganz verschiedenen Zeiten und Erinnerungen.

Jeder Mensch ist eine kleine Gesellschaft, sagt Novalis.

Und das besagt auch: Ich bin überhaupt nicht vorhanden ohne die anderen. Sie durchwandern mich in der Sprache, sie dringen in das Innere meiner Gedanken ein und bilden sie aus, sie bevölkern — merkwürdig eigenwillig auftauchend und wieder verschwindend — meine Bilder im Kopf. Manche bleiben im Untergrund, andere stechen mit ihrer eigenwilligen Diktion hervor. Und sosehr ich versuche, mich von ihnen abzusetzen und ein ganz anderer, eigener zu sein, sosehr sprechen sie aus mir.

Und doch bin ich ja hier. Hörst du mich?
Ich, Einzahl. Es ist ganz einfach, mich zu finden. Hier bin ich, mein Körper, mein Leben.
Sieh mich an.
Alles, was du an mir siehst, vom Kopf bis zu den Fingerspitzen, bin ich. Und wenn ich jetzt aufstehe, zähle ich auch meine Füße mit dazu.
Ich bin unverwechselbar, jedenfalls solange ich vor deine Augen trete. Vielleicht hat Hannah Arendt recht, wenn sie sagt, wir könnten nur im Auftritt, nur im Handeln herausfinden, wer wir sind. Wenn wir in Erscheinung treten, schnurren wir gewissermaßen zu einer klar umrissenen Gestalt zusammen und füllen unseren Namen aus. So weit so gut. Aber was ist mit dem, was dahinter ist? Verschwindet es einfach in der Versenkung?
Seltsames Knäuel.
Ich bin dank der anderen, indem ich mich von ihnen unterscheide. Und andererseits bin ich dank der anderen, weil sie mich prägen und mir die Worte geben. Ist es nun die Wahl, die mein Ich ausmacht? Ist es eine Entscheidung, die aus der Unklarheit über mich selber kommt? Oder ist das Ich ganz einfach ein Glaubensakt, der jedes Ereignis und jede Neuigkeit im Körper zu einer Kontinuität zusammenschmilzt und sagt, das bin ich?

Du sagst: Ich, Bündel. Nicht Identitätspunkt, sondern Zusammenballung von Geschichten und Wünschen. Wir setzen uns jeden Tag wieder neu daraus zusammen. Wir erfinden uns jeden Tag wieder neu.

Ich, erste Person, bin mir am nächsten, sagt man. Klar. So entstehen der Egoismus, die Egomanie, der allbekannte Egotrip. So benutzen wir die anderen zu unserem Vorteil, bauen sie in unsere Pläne ein und machen ein ganzes Bollwerk aus unserem Ich-Gefühl. Das Ich kann auch eine Droge sein. Es steigert sich in seine Einzigkeit hinein und wird zu einer Glocke von Selbstberauschung, als sei es der Urheber von allem, was es tut. Aber das Konstrukt steht auf schwankendem Boden. Es braucht die Lüge. Es lügt den Rest der Welt beiseite, um nur irgendwie mächtig zu erscheinen. Ohne die anderen wäre ich mir sofort nicht mehr der Nächste, ja ich wäre nicht einmal da. Ich brauche sie, ich brauche ihren Blick und ihre Anerkennung. Nicht nur, dass ich von anderen, von Älteren, von Eltern abstamme und auf geheimnisvolle Weise immer schon ein Nachgeborener bin, sosehr ich mich als erste Person empfinde, es braucht überhaupt ein Gegenüber, das mich mit Namen nennt und zu einem Einzelnen in dieser Verbindung macht. Dem Gefühl, sich der Nächste zu sein, steht die Entdeckung gegenüber, dass man durch die anderen geschaffen wird. Sie bilden mich aus, sie machen mich zu ihrer Geisel, wie Levinas es nennt. Wenn es eine Freiheit gibt, dann erst in diesem Blick und diesem Zusammenhang.

Sich einrollen, im Bett, nachts. Wegsacken in dieses Gefühl von Umgebensein. Wärme, als sanfter

Druck, der sich um den Körper legt und seine Ränder gleichsam übernimmt. Austausch von Wärme. Ich rolle mich ein, es zieht mich hinein, es nimmt mich auf. So kann ich einschlafen.

Wo bin ich, wenn ich in den Schlaf sinke? Welche Dunkelheit hat mich ausgedacht und wohin entschwinde ich in ihr, gleich schon versunken, fortstrudelnd in eine Ferne tief in mir, in der ich mir abhanden komme? Draußen die Hand, und drinnen ich, der sich verloren geht. Die Geräusche schon weit entfernt, wie hinter Mauern. Stimmen von jenseits, jenseits der Haut und ihrer Dunkelheit. Schlieren, die mit in die Tiefe sinken. Ich verlasse mich auf Zeit. Ein andermal dermaleinst morgen werde ich wiederkommen.

Jeden Tag wieder geschieht diese Rückkehr in ein Land der Ferne und Vergessenheit.

Jede Nacht lösen wir uns in einen Zustand auf, in dem unser Ich noch nicht geboren war.

Natürlich schwimmen Teile von uns durch diesen Zustand, den wir Schlaf nennen. Randzonen des Denkens, die nicht einschlafen wollen, unsere Wachposten, die immer noch nach außen lauschen. Und unter ihnen die Träume. Das Wirrwarr der Tagreste und die ingeniöse Bilderflut des Körpers. Im Traum sind wir Schwimmende, schwerelos Treibende oder Ertrinkende. So lernen wir unsere Tiefsee kennen und fangen an, in ihr zu tauchen. Die Tiefsee ist voller ungesehener Bilder, Stoffe und Erscheinungen, vielleicht ist sie selber ein Text, der sich nicht zu einer Sprache verwandeln will. So, wenigstens zipfelweise, fällt uns auf, dass wir aus einem fremdvertrauten Raum kommen, in den wir Nacht für Nacht zurückkehren müssen, um zu leben. Der Schlaf nährt uns, er regeneriert uns für den Tag. Der Schlaf bringt uns, wenn es gutgeht, jeden Morgen neu zur Welt. Und, seltsame Umkehrung, es braucht ein paar zerstreute

Sekunden oder Sekundenbruchteile, um die innere Welt des Schlafs, die uns im Bett umhüllt hat, von uns abzuschütteln und mit der Außenwelt zu vertauschen, die von nun an Gültigkeit hat. Dann stehen wir auf. Dann sagen wir: Ich. Und diese Aufrichtung ist in so vielen Sprachen förmlich dem Buchstaben anzusehen, der Senkrechte von unten nach oben: Ich, I, Io, Je.

Wenn wir aufwachen, kehren unser Name und unsere Geschichte in uns zurück, und mit ihnen erscheinen lauter windige, im Grunde unwägbare, aber immerhin erinnerbare Momente von Leben, die wir zu einer Kette zusammenfügen, manchmal ganze Teile davon vergessend oder willkürlich vertauschend und ineinanderschiebend, egal, Hauptsache, wir stimmen ungefähr mit uns überein. Unser Name gibt die Gewähr, dass wir mit den anderen verbunden sind. Er ist es, der unseren Körper mit der Welt zusammenbindet und etwas Erkennbares daraus macht. Ich bin Odysseus. Ich bin Klaus Theodor. Und Foscolo sagt: Ich bin Foscolo.

Wer ist Foscolo?

Weiß nicht, murmelt er. Ab und an bin ich anwesend. Ab und an. Ab und an.

Jetzt?

Vielleicht jetzt, sagt Foscolo. Seht mich an. Oder stehe ich neben mir?

Einen Moment schweigt er.

Dann spricht Foscolo vor sich hin: Gefurcht die Stirn, tiefliegend die scharfen Augen, fuchsrot die Mähne, schlaff die Wangen, kühn das Antlitz, rasch die Schritte, nüchtern und menschlich, der Welt abhold, brenne ich aus mir. Hört ihr? Das hat ein Mann namens Foscolo gesagt. Mein Name ist Foscolo.

Er holt Luft und deklamiert weiter: Die Nationen verschlingen einander. Geheul so vieler Völker, die untergingen. Wir sind alle Flüchtlinge und Fremde hier geworden. Das ist die eine Seite. Die andere Seite beginnt, wenn wir die Augen aufschlagen. Jetzt.

Möchtest du mit den Wolken ziehen?
Oh ja, möchte ich.
Wohin möchtest du mit den Wolken ziehen?
Dorthin, wo sie sich auflösen und neu zusammenballen.
Wirst du nicht dort, spätestens dort aus den Wolken fallen?
Nicht, wenn ich mit ihnen ziehe. Und wenn sie mich irgendwann fallen lassen, werde ich Regen sein.
So groß ist dein Vertrauen?
So groß ist mein Wunsch.
Und die Wolken?
Ballen den Wunsch um mich.
Und wenn sie zerfasern, wenn sie immer dünner werden, wenn sich Löcher in ihnen auftun?
Werden sie mich die Luft lehren.
Luftschiffer.
Wolkenschiffer. Von dort, so sehr in Luft gelöst, werde ich das Land betreten, und ich werde mit meinen Schuhen darüber hingehen.

Und jetzt. Eine einzelne Wolke am Abend, die noch leuchtet, hellrot, in den Himmel getürmt. Davon lebst du, lebe ich, sagt Foscolo. Und wir wechseln nicht einmal Worte darüber. Sie ist da, diese Wolke am Abend, und unser Schritt ist um eine Spur leichter, schwebender. All das ist nicht erforscht und braucht es auch gar nicht zu sein. Denn sie ist noch voll von Sonnenstrahlen, während es rund um uns schon Nacht wird und längst keine Sonne mehr scheint. Eine Schönwetterwolke, für morgen und die nächsten Tage. Und wie du sie anschaust, strömt aller Atem in die Lungen ein.

Ich, dritter Versuch.
Der Einsamkeitsraum.
Das, was ich bin, bin ich dank der Beziehung zu anderen. Nur dass ich zu dieser Beziehung ich sage.
Das ist meine Einsamkeit.
Genau das ist mein Einsamkeitsraum.
Jeder von uns trägt einen Einsamkeitsraum mit sich herum, den er Ich nennt. Unerreichbar, unauslotbar fern und verschwiegen, sosehr die Sprache aus uns sprudelt. Er ist das Eigenste, was wir haben, und zugleich bleibt er uns das Fremdeste, weil wir nicht wissen, aus welchem Grund er kommt. So sehr wir mit ihm leben, so wenig haben wir Verfügung über ihn. Die anderen, egal wie nah sie uns sind, können in unseren Einsamkeitsraum nicht hineinsehen, sie können nur erschließen, was wir mit unseren Worten und Äußerungen sagen wollen. Und wir selber kennen uns in diesem Raum nur an einzelnen Bildern, Blinkzeichen oder Gedanken aus, die aus der Tiefe auftauchen und wieder versinken, ohne dass wir ermessen könnten, in welchem Zusammenhang sie genau stehen.
Derrida sagt: Die Einsamkeit ist ein anderes Wort für Geheimnis.
Das ist eine Spur.
Jeder trägt in sich eine geheime Welt, die ihn von den anderen trennt, sagt Vladimir Jankélévitch, und diese geheime Welt ist in seltenen Augenblicken fast ein Glück.

Gibt es eine Verbindung?

Wenn wir zu anderen Menschen kommen, wenn wir über die Straße gehen und Freunde begrüßen, bringen wir unseren Einsamkeitsraum mit. Sie sind es, die uns prägen. Aber wir sind es, die ihnen aus diesem geheimen Innern Antwort geben.

Wo der Einsamkeitsraum aus den Augen gerät, sind wir binnen kurzem für uns und für die anderen nicht mehr da. Dann sind wir bestenfalls noch eine Erinnerung an den, der wir gewesen sind, und der Rest ist ein Teil des allgemeinen Geredes geworden, nicht mehr zu unterscheiden, kein Gesicht und keine Stimme mehr.

Man kann es auch vom Namen her sagen. Es gibt unseren Namen, der uns nach außen hin erkennbar und identifizierbar macht. Und es gibt eine namenlose Seite in uns – eine dahinter liegende, namenlose Person. Jeder Mensch weiß das, und doch vergessen wir es dauernd. Wir gehen nicht in dem auf, was unser Name und unsere begreifbare Geschichte sagt. Oder noch besser: Unsere Geschichte enthält eine Unterströmung, die von Strudeln und Kreiseln durchzogen ist, so dass wir anfangen müssten, sie neu zu lesen. Wohin es uns zieht, wird immer nur teilweise an dem erahnbar, was wir zu verstehen geben. Alle Erklärungen können ebenso gut Allegorien oder Teile eines Märchens sein, die zu etwas Verborgenem und Unbedachtem führen. Während wir unsere Geschichte erzählen (dann habe ich, dann bin ich, dann ist es mir geschehen), erzählt etwas anderes darunter in ganz andere Richtungen mit. Das Unbestimmte, das Ich-weiß-nicht, hat schon mit dieser Gegendrift zu tun. Und wir sind glücklich eigentlich nie (oder nur scheinhaft), wenn wir uns in den Worten eingemeindet haben, sondern wenn diese Worte eine hörbare, fremde Strömung in sich haben. Dann, dort, gibt es Zuversicht.

Es ist der Einsamkeitsraum, aus dem ich spreche. Hörst du mich?
Soll ich jetzt sagen, er ist die unerkannte Lücke zwischen mir und mir, der Riss oder Abgrund, der sich dadurch auftut, dass ich immer schon doppelt oder mehrfach bin? Soll ich sagen, er ist das in mir wohnende, mir selber dunkle Intervall, das erst zum Klingen kommt, wenn ich aus mir heraustrete und in eine Beziehung komme?
Nie werden wir wissen, was der andere im Innern wirklich denkt.
Aber wenn wir uns austauschen, wenn wir beisammen sind und unsere Worte wie seltsame, klingende Versuchsballons hin und her schicken, geschieht es, dass wir unseren Einsamkeitsraum wachrufen. Einer im anderen rufen wir ihn wach, und wir folgen diesem Blindflug der Begriffe und Erklärungen, die uns aus der Verstocktheit herausheben und die Zunge lösen, egal wie verschieden oder entfernt voneinander wir sind. Wir nähern uns mit den Worten an, wir tasten unsere Ähnlichkeiten ab, ja die Begeisterung, mit der wir uns plötzlich aussprechen und ein Feuer in unseren Worten spüren, lässt uns glauben, es müsse ganz das Gleiche sein, was wir in uns tragen. Es ist ein magischer Vorgang der Eröffnung und Übertragung von Gefühlen.
Ja?
Ja, sagen wir.
Obwohl wir gar nicht wissen, ob es so ist.
Die Stimme des anderen öffnet uns das Innere wie Blüten, die aufgehen und in unseren Gedanken eine gemeinsame Farbe haben.

Geht es dir auch so?

Ganz genauso, und sogar noch mehr.

Der Austausch des Inneren, dieser geheime Worthandel auf dem Markt der Grammatik und Bedeutungen, geschieht so emphatisch, dass er uns zeitweilig alle Unterschiede vergessen lässt, es scheint viel verrückter, wie jetzt erst im Sprechen, im Lösen der Zunge unser Eigenstes Gestalt annimmt und vor unsere Augen tritt. Es wächst sich zu den Formen einer Landschaft aus, mit Schluchten und Bergrücken, die wir mit denen des anderen vergleichen können. Wir legen sie übereinander, wir lassen die Flüsse und Bäche ineinanderstürzen und ziehen die Stromschnellen des anderen in die eigenen Wendungen herüber.

Natürlich gibt es auch Absetzungen: Nein, das ist bei mir genau umgekehrt. Aber damit sind schon wieder Brücken ins Imaginäre hinein gebaut. Solange wir sprechen, blüht es in dieser Landschaft, auch wenn ihre Aussagen voller Schmerzen und Entbehrung sind. Egal, egal. Das Lösen der Zunge verwandelt sie in etwas Lebendiges, und wir selber leben in ihr. Wir ergründen und erfinden uns mit Worten.

Fass das jetzt zusammen.

Kein Ich ohne Wir. Und umgekehrt: Kein Wir ohne Ich. Beide reichen ineinander und bringen einander hervor.

Wo ist nun die Grenze?

Du bist min, ich bin din, sagt Walther von der Vogelweide. Und er fügt hinzu: Verloren ist das Slüsselin.

Jean-Luc Nancy sagt es etwas nüchterner: Das einzelne Subjekt könnte sich nicht einmal bezeichnen und sich auf sich beziehen, wenn es nicht mit anderen zusammen wäre. Ich-bin heißt immer: Ich-bin-mit-anderen. Ego-sum müsste besser heißen: Ego-cum. Das Singuläre ist ein Plural.

Und wie entwirren wir das?

Foscolo sagt: Versetz dich in einen anderen, und du bist dir gegenwärtig.

Hannah Arendt wirft ein: Verlier dich nicht im trügerischen Wir-Gefühl der Gruppe, der Nation, des Staates, es geht darum, das Singuläre im Plural zu bewahren.

Paul Wühr ergänzt vom Trasimenersee: Das Wir ist nämlich der Großvater der Kriege. Die schlimmsten Untaten sind aus den Wir-Aufwallungen hervorgegangen.

Offenbar steckt ein Problem in dieser schönen ersten Person Plural.

Was heißt: Wir?

Wer ist gemeint, wenn wir uns in der Mehrzahl zusammenschließen und einen Kreis um uns ziehen? Wen schließen wir aus und wen holen wir in den Kreis hinein, ohne lange darüber nachzudenken, dass die Linie zugleich durch uns hindurch geht?

Das ist ein Baum, sagen wir, das ist ein Strauch, das ein Haus. So weit bindet uns die Sprache aneinander und schafft Gemeinsamkeiten.

Die Realität ist, so gesehen, ein konspirativer Akt.

Aber was geschieht in diesem Zusammenschluss, der uns zu einer wie immer fragilen Einheit macht und Übereinstimmungen, Gleichheiten, ja Harmonien beschwört, während alles andere draußen bleibt? Das Wir, kein Zweifel, geht nicht aus den Tatsachen hervor, sondern ist dazu da, diese Tatsachen zu schaffen. Ehe überhaupt klar ist, wo die Grenzen verlaufen, entsteht ein Amalgam, das uns zusammenbindet und ebenso wunderbar wie diktatorisch wirken kann. Denn es ist ein Wunsch in ihm – oder eine Behauptung –, die sich für Wirklichkeit ausgibt. Wenn wir uns genauer dabei beobachten, wie wir im Reden das Wort Wir verwenden, dann wächst da wie von selber ein Wunschraum und ein ganzes utopisches Gebäude, das wir insgeheim noch über uns hinaus um den anderen herum bauen, um ihn einzubeziehen und zu einem Gleichen oder Ähnlichen zu machen. Das kleine Wort Wir bündelt alle Nähe in sich. Es ist ein Zauberwort.

Genaugenommen sind wir den ganzen Tag damit beschäftigt, zu zaubern und uns einzugarnen.

Wir hier, ich und du. Damit ist ein erster Kreis um uns geschlagen, der uns sofort in Atem hält, und es stellt sich in seinem Inneren bald die Frage: Wohin gehören wir, in welche Gruppe, welchen weiteren Zusammenhang, wer sind unsere Nächsten und wie wünschen wir sie uns? Wollen wir sie hereinholen in unseren Zirkel oder lieber draußen lassen? Und sind wir allein für uns schon eine Welt?

Platon erzählt im Symposion (was eine weitere, antike Wir-Form ist) von den ersten Menschen, die eine äußerst glückliche, kugelförmige Gestalt gehabt hätten und durch den Zorn oder die Eifersucht der Götter in zwei Teile auseinandergeschlagen worden seien, in einen weiblichen und einen männlichen Teil, so dass sie sich nun ein Leben lang nacheinander sehnen mussten und auf die Suche nach ihrer verlorenen anderen Hälfte gingen. Vielleicht ist diese Trennung, diese ursprüngliche Zweiteilung, in der jedes Ich der Rest eines Paars ist und sich nach einer Verbindung zurücksehnt, eine der besten Erklärungen, warum es eine Drift zur Wir-Form gibt. Und vielleicht hat sie ihre ganz konkrete Entsprechung in der engen Dyade von Mutter und Kind, die am Anfang noch eine körperliche Einheit war und dann, nach der Geburt, sich in ein hin- und hergeworfenes Spiel von Ich und Du verwandelt (ja eigentlich ein Erlernen von Ich und Du), bis ein roter Ball namens Wir daraus geworden ist. Dieser Ball wird später durch die Gesellschaft geistern und sie zu Beifallsstürmen oder Wutausbrüchen hinreißen. Ungefähr so, wie der Ball durch die Reihen fliegt, formen sich rechts und links die Gemeinsamkeiten.

Das heißt.

Wir – diese leichtfertige Solidarisierung mit den anderen, diese Verbündung und Verschwörung ist eine Utopie-Bildung, die Gegenwart erzeugt.
  Wir – es ist ein Herzschlag darin, ein heimliches Verlangen, ein Versprechen.
  Wir – es ist voller Verführung einerseits und ein Friedensangebot andererseits.
  Steht Wir gegen Ihr (ihr da, die ihr ganz anders seid als wir, ihr, die wir hassen, weil ihr jenseits unserer Grenzen seid, oder noch schlimmer: ihr, die wir hassen, weil ihr als Fremde innerhalb unserer Grenzen lebt, ihr, die Unrechtmäßigen, die Unangepassten, die ihr uns mit eurer Eigenart die Luft wegnehmt, ihr, die bedrohlichen anderen), beginnt Krieg.
  Alle Wir-Formen sind polemisch.
  Sage ich.
  Stimmt das?
  Gibt es nicht Wir-Formen, die aus einer Eigenstrahlung entstehen, nicht gegen die Feinde, die Fremden, die Verachteten, sondern aus dem puren

Zusammensein heraus? Anderer Weg, stell dir vor: Magnetismus durch Berührung (Berührung von Körpern und Gedanken) oder durch Nähe (egal ob diese Nähe körperlich oder gedacht ist). Pures Jetzt-Wir. Die entlegensten Dinge tauchen wie von selber in diesem Austausch auf. Du, ich, wir hier zusammen, voller Erstaunen, was daraus hervorwächst, so wie man über den Atem staunt. Ein Wir, nicht als Kampfhaltung, sondern als emphatisches Vorhandensein. Vielleicht ist es das, was wir immerzu, ein Leben lang suchen.

Jetzt, wenn ich Wir sage, im Schatten des Olivenbaums sitzend, das Schreibbuch auf den Knien, berufe ich allein schon mit dem kleinen, schnell dahingesprochenen Wort eine Geisterschar, die ich um mich versammle und zu einem beträchtlichen Teil gar nicht kenne, ich habe nur Vermutungen über sie und mache meine Gesellschaft daraus.

Wenn ich Wir sage, stelle ich mir vielleicht fünf, sechs Personen vor und erweitere die Runde in Blitzgeschwindigkeit bis in die Menschheit.

Wir, die Menschen, sage ich, wir alle, das heißt also, du, ich und ein paar andere, verbunden mit dem unbekannten Rest.

Wie weit reicht diese Wir-Form?

Reicht sie bis zu den Rändern von uns Menschen oder noch über sie hinaus? Wer sagt denn, dass sie mit den Menschen enden soll? Sie führt, wenn ich ihr nachgehe, sofort weiter zu den Schatten und den unsichtbaren Gesprächspartnern, mit denen ich ins Reden komme, und natürlich führt sie zu den Tieren, den Dingen und all dem um mich Wachsenden, mit dem ich auf die eine oder andere Weise verbunden bin, und sei es auch nur dadurch, dass ich Teile davon sehen kann. Manchmal denke ich mir, man müsse die Wir-Form ganz unbedingt ausweiten, um die üblichen Hierarchien zum Einsturz zu bringen, egal wie man das anstellt, sei es unter Berufung auf Gestalten wie Franziskus von Assisi, der in seinem Sonnengesang von Bruder Sonne und Schwester Mond spricht, sei es in Gedanken an Jean-Luc Nancy, den Philosophen mit dem zweiten Herzen in seiner Brust (was ja auch bedeutet, zweite Identität, zweite Person oder zwei Personen in einem Körper), der erklärt, wir seien gleichzeitig mit Luft, Atem und Dunkelheit, mit Tieren, Pflanzen, Lebenden und Toten, mit Elektronen und Galaxien verbunden und sollten unser Zusammensein von da her neu verstehen.

Weiterer Blick. Weitere Wir-Form.

Damit verlagert sich auch der Schwerpunkt.

Es ist nicht mehr die Anmaßung der Macht, von der ich jetzt rede, nicht die sattsam eingeübte Erhebung der einen über die anderen, auch nicht die Zusammenballung zu einer Masse, die sich heulend über ihren Gegner wirft, oder gar die hartnäckige Hoffnung, in die nächsthöhere Klasse oder den nächsthöheren Club aufzusteigen, egal ob es nun ein Fußballclub oder ein Club der toten Dichter ist, was ja bekanntlich eine lebenslange Beschäftigung werden kann. Ich meine ganz einfach und ganz unscheinbar ein Wir, das aus all diesen Wir-Formen ausgewandert ist und neu anfängt, mit seiner Umgebung zu sprechen. Nicht wir, die Mächtigen oder die Besseren, die auf der Seite des Guten gegen das Schlechte stehen, sondern wir, die Einzelnen, die Fremden, die über das Land Verstreuten, Nomadisierenden, wir, die von der Hauptstraße Abweichenden, die heimlichen Wanderer, ohne klar definierte Abstufungen und ohne Zentralgewalt, wir, die Nicht-Identischen, eine

Mehrzahl und Vielzahl von Zentren oder Polen, die in Beziehung treten, mit dem Anspruch, Teil zu sein und teilzunehmen an etwas Anderem als der Macht.

Unsere Einsamkeit ist exakt der Stoff, der die Gemeinsamkeit trägt.

Probieren wir uns aus, jeder für sich, und sehen, wie es ist. Es kann mit Worten geschehen, mit Blicken, mit Tönen. Jeder für sich wirft etwas ein und hört, was geschieht. So ein Beisammensein hat immer etwas mit Musik zu tun. Es ist die spontane Erfindung von Musik, aus dem Sprechen und aus dem gleichzeitigen Lauschen auf die Gegenstimme. Es ist die Erkundung einer Gemeinsamkeit, die Erschließung eines unbeschrittenen Felds. Jedes Gespräch, jeder Austausch miteinander, der so geschieht, geht binnen kurzem ins Offene und Unvorhersehbare, und wenn wir diesen Weg mitspüren Schritt für Schritt und auf die ungeahnten Wendungen und Änderungen der Richtung achten, auf die Überschneidungen und Berührungen mit ihrem Funkenschlag, auf die Echos und verwehten Antworten, die sich oft über die einfallsreichsten Missverständnisse hinweg im freien Raum bewegen, merken wir, dass derweil längst etwas Drittes zwischen uns vonstattengeht, etwas, das weder Ich noch Du ist, sondern durch unser Zusammentreffen einen Klang bekommt und niemandem gehört, weder dir noch mir noch irgendeinem sonst.

Was zwischen uns ist, ist das Rätsel, das wir miteinander teilen, von zwei Seiten her. Es lenkt unsere

Schritte, es führt uns auf verschlungenen Pfaden durch die Macchia und macht uns zu Staunenden. All die Felskanten, Abgründe, Klüfte dazwischen.
Gehen wir?
Ja, gehen wir.

Wo ist jetzt mein Kopf, sagt der Fuß, wenn ich gehe?
Ist der dort oben? Über mir? Sieht er mich an?
Will er mir erklären, dass wir beide, er und ich, nicht eines sind, und lässt mich allein mit diesem schwankenden Befund?
Soll ich aufstampfen und sagen: Fuß, stampf auf – nur um mir zu beweisen, dass ich einen Kopf habe?
Oder sollte ich abrollen von der Ferse bis zu den Zehenspitzen, weil es bergab geht?
Es kann schon sein, dass die Sprache durch meine Adern fließt. Sie rauscht sogar ziemlich, wenn ich nur an die Ferse denke, und drängt in die Ballen, als setzten mir die Steine und Felsrisse nicht schon genug zu.
Von Stacheln will ich gar nicht reden. Es ist ein Unding, sich, als Fuß, auch nur einigermaßen zu fassen. Und plötzlich zu schreien, bloß weil man sich aufgeschürft, gestochen oder geschnitten hat, ist noch kein Beweis für meine Wenigkeit.
Denn wer eigentlich spricht da, wenn ich rote Tupfen hinterlasse? Wer lebt aus wem und über sich hinaus, in diese geladene Luft, die mir entgegenkommt? Wind zwischen den Zehen. Kann sein, ich rede mich um Kopf und Kragen.

Die Sprache der Dinge

Ein Falter mit durchsichtigen grünen Flügeln ist auf dem Buch gelandet. Ich schreibe um ihn herum. Er will nicht fortfliegen, dreht sich wie in einem Tanz. Im ersten Moment wollte ich ihn wegpusten, aber dann sah ich seine grünen Flügel, und sie hielten mich sofort zurück. So federleicht wie er ist, fast ein Nichts, so intensiv schimmert er. Zwei Fühler am Kopf, kurzlebiger noch als ich, und wahrscheinlich glaubt auch er, dieses Leben könne gar nicht enden. Keine Grenze vor sich, außer der des Papiers, auf dem er sich umeinanderdreht. Jeder Kreis eine Wiederkehr. Also hat er eine Erinnerung, denke ich, und er sieht die Bögen und Kurven der Schrift um sich wandern, die ihm Geleit geben und den Raum öffnen, wo immer er sich hinbewegt.

Die Sprache der Dinge. Wie fange ich jetzt an, davon zu erzählen? Die Dinge um mich. Der Tisch, das Buch, die Steinmauer dahinter, der Olivenbaum, der Schatten über mich wirft. Es gibt die menschengemachten Dinge und die natürlichen Dinge. Beide wirken aufeinander ein und durchdringen einander. Der Tisch dort erzählt von dem Holz, aus dem er gemacht ist, vom Baum, dem er entstammt und an den er noch mit seinen Aststellen und Maserungen erinnert, und noch mehr erzählt er von den Momenten, die wir an ihm gesessen sind, von den langen Abenden, die wir immer wieder auf anderen Stühlen an ihm verbracht haben, zusammen mit Freunden oder allein, der Tisch speichert all die Erinnerungen in sich. Aber er legt sie nicht einfach offen, sondern hält den größten Teil in seinem Holz verborgen, die

Erinnerungen sind in ihn eingesunken wie der Regen und die Rotweinflecken, und nur wenn man darüberstreicht oder ihn aus einem bestimmten Blickwinkel plötzlich ansieht, leben sie auf und beginnen, aus ihm zu sprechen. Davon später einmal.

Die natürlichen Dinge sind noch viel eigener. Sie erzählen weniger von uns als von ihrem Eigenleben, von sich selber. Die Dinge der Natur existieren unabhängig von uns, unverfügbar, auch wenn wir sie zurechtstutzen, beschneiden oder zu unserem Eigentum erklären wollen – immer bleibt da ein Rest, der fremd und nicht beherrschbar ist. Wir mögen sie mit unserer Phantasie überziehen oder zu einem Bestandteil unserer jeweiligen Kultur machen, etwas lebt in ihnen, das aus einer Geschichte kommt, die viel älter ist als wir und unser menschliches Maß übersteigt. Vielleicht ist genau das der Beginn ihrer Sprache.

Zunächst einmal: Es gibt da etwas, das von außen auf uns zukommt und uns anspricht, ehe wir es richtig gemerkt haben. Nicht, dass es dieselbe Sprache spräche wie wir, es ist eher eine bestimmte Art von Schweigen. Aber es dringt in unsere Sinne ein, lagert sich im Innern unserer Wörter und Gedanken ab und gibt ihnen Gewicht. Jetzt können wir mit ihm Kontakt aufnehmen, können mit ihm sprechen, das ist das Schwierigste von allem, denn wir müssen aufpassen, dass wir es nicht sofort mit unseren Namen und Begriffen totschlagen. Gewissermaßen müssen wir unsere Worte zu empfindlichen Membranen machen, zu Hörorganen, die das Schweigen in uns übertragen. Wenn es gelingt, kommen wir in eine Zwiesprache mit den Dingen.

Es ist wie beim Musikhören: Wenn wir sie ganz hören, hören wir sie nicht nur außen, sondern Ton für

Ton im Inneren des Kopfes, manchmal mit einer Explosion von Lichtpunkten, die irgendwo hinten links durch den Körper stürzen. Und je mehr wir die Klänge ganz körperlich in unserem Inneren spüren und verfolgen können, desto mehr wird auch einleuchtend, dass wir mit ihrem Ursprung, dort draußen, verbunden sind. Egal ob ein Windgeräusch, ein Bogenstrich oder eine Fellberührung, sie erregen unser Denken und sind in uns gesprungen, ja sind dort am Tanzen. Wir sind dank ihrer lebendig. Was wir hören, ist die Sprache der Dinge, die in uns übergegangen ist. Holz, Fell, Metallisches, je wie die Erde aus ihnen spricht. Ihr Schweigen hat sich in Musik verwandelt, und immer dann, wenn wir es in uns hören, wissen wir, dass wir über einen Quantensprung hinweg mit ihnen verbunden sind.

Verbunden mit dem Schweigen der Dinge, das eine Sprache ist.

Wir werden sie nicht entziffern. Wir spüren nur, wie sie uns mit einer plötzlichen Bewegung in Begeisterung versetzt, manchmal auch in Schrecken und Verwirrung. Und wenn wir uns nicht abwenden, nicht die Flucht ergreifen oder sie mit Schlagwörtern bombardieren (mit vorschneller Logik, blinden Adjektiven, den allgemeinen Diskursen), merken wir sehr wohl, wie ihre Fremdheit in uns einzieht und eine Stille in uns erzeugt, aus der wir neu beginnen können.

Stell dir vor. Du kannst dich hineindenken in einen Baumstamm, der vor dir ist, zum Beispiel in den Stamm einer wild gewachsenen Olive, der in drei einzelne Stränge auseinandergerissen ist, so dass man sich ohne Weiteres in seine Mitte stellen könnte, jeder Strang aus der Erde wachsend und erst ein Stück weiter oben mit den anderen zusammenfindend – und natürlich siehst du all die Bilder und Strukturen, die du mitbringst, in ihn hinein. Aber gleichzeitig enthält er etwas Unbekanntes, Unzugängliches, dir nicht Ähnliches, und dieses Andere möchtest du berühren können.

Oder soll man lieber sagen: du möchtest von ihm lernen? Bleibt da eine Distanz, zwischen dem Baumstamm und dir, wie viele sagen?

Kann sein, dass es so ist, aber es spielt im Augenblick überhaupt keine Rolle. Denn was geschieht, ist, dass deine Bilder und Strukturen, alle Projektionen, die du über den Baumstamm legst, rückläufig sukzessiv von seiner Andersartigkeit überzogen werden, so lange, bis sie selber ihre Verlässlichkeit, ja sogar ihre Glaubwürdigkeit verlieren, und zu dieser Glaubwürdigkeit, die in den Wind fortschießt, gehört auch die Distanz. Du bist, zumindest für einen Herzschlag, im Inneren der Fremdheit. Und in diesem Moment dann ist klar, dass sie immer schon in dir gewesen ist, etwas Tiefinneres, das dir von außen entgegenkommt, nur dass du es vergessen hattest.

Ich nenne alles, was um mich ist, außerhalb von mir und von den Menschen: die Dinge.

Giorgio Agamben sagt, in seiner kleinen Abhandlung Signatura rerum, die einen Gedanken von Paracelsus weiterführt, es seien die Signaturen, die uns in eine Verbindung mit den Dingen bringen. Das sind nicht so sehr Zeichen als ihre Vorformen: die Ermöglicher, die Eröffner von Zeichen. Wer eine Signatur erblickt, etwa in einer Pflanze, ist schon in einer Drift von Magnetismus, die ihn zu ihr hinüberzieht. Die Signatur, sagt Agamben, stellt die Relation zwischen Pflanze und Auge her, indem sie das Auge in die Pflanze versetzt.

Wo sind wir jetzt?

Im Schauen geschieht ein Flug aus uns heraus, ein heimlicher Ortswechsel und Austausch der Positionen, und manchmal dann setzen sich die Dinge verzaubernd in uns fort. Sie verzurren sich in uns, lassen uns nicht mehr los, sind ein plötzliches Verlangen in uns geworden.

Nachts. Zwei Karaffen, die sich mögen. Schnuppernd aneinander. Fast ineinanderspringend, aber doch stehen bleibend. Ein Vibrieren von Liebe.

Blüht die Blüte von der Lust, auszublühen? Oder ist das nur eine dumme Lüge der Blätter, die länger leben?

Ist ein Lächeln darauf aus, nachher ernst zu werden und sich in meinen Armen zu verlieren? Oder hat es alles Leben in diesem Augenblick?

Zwei große Pinien im Sturm, der Wind schüttelt sie hin und her, auch das ist eine Liebesgeschichte. Sie stehen dicht hintereinander, aber nicht so, dass sie ineinanderwehen. Stolz und seltsam wehrlos stehen sie da und lassen sich die Nadeln durcheinanderbiegen. Jeder frisch gewachsene Trieb spannt sich von Süden her unter den Wolken in die Gegenrichtung, manchmal stark in die Schräge geneigt und flatternd geradezu.

Aber wenn der eine es tut, tut der andere es auch, und so kommen sie nie zueinander. Ihre Nähe ist die der Doppelheit. Sie sind eines im Blick. Und dass sie sich gegenseitig sehen können, wenn nicht gar mit den Wurzeln berühren und in heimlichen unterirdischen Windungen umschlingen können, daran kann gar kein Zweifel sein. Weit hinten, dort, wo der Sturm herkommt und sich mit einer Fülle von Feuchtigkeit auf ihre Schirme zuschleudert, ist das Meer. Und es ist graugrün, mit immer wieder auftauchenden und wegsinkenden Schaumkronen.

Klar, sagen wir, klar. Die Dinge klären sich mit dem Wort. Sie nehmen Gestalt an, wenn wir Namen und Begriffe über sie werfen. Kein Ding sei, wo das Wort gebricht, heißt es. Mit den Namen kommen die Unterscheidungen in die Welt, wir fangen an, Schwarz und Weiß zu trennen, Stein und Pflanze, Tod und Leben, Mann und Frau, wir tauchen in den vielfältigen Kosmos der Einzelheiten ein. Aber was sind diese Namen? Einerseits sind es die menschengemachten Laute, mit denen wir Antwort auf die Dinge geben, und andererseits – gleichzeitig – liegt das Gewicht der Dinge in ihnen. Das ganze Gewicht der Erfahrungen, des ersten Erschreckens und Entzückens, von Mund zu Mund fortgetragen, vom Handschlag der Begrüßung bis zum Schrei der Wut, es rollt über die Lippen, seltsam verdoppelt und zum Symbol verwandelt, als sei es eine Leichtigkeit. Wir haben uns dieses verrückte, menschengerechte Sprechen angewöhnt und haben uns manchmal so sehr in der Sprache verloren, dass wir die Dinge gar nicht mehr sehen konnten. Da mussten uns die Worte bekanntermaßen wie Pilze erscheinen, die im Munde zerfallen, und wir mussten ins Schweigen stürzen, mussten die Sprachlosigkeit in uns wie eine selbstauferlegte Lektion der Bitternis erlernen, um wieder zu sehen, wo die Gewichte in den Worten leben.

Wir mussten uns der Sprache entfremden, um die Fremdheit der Dinge in ihr neu zu finden.

Verrückt, sagten wir dann (oder werden wir eines Tages sagen), ich berühre die Dinge in den Worten, und während ich es tue, strahlt ihre ganze Unerreichbarkeit auf mich ab, ihr unbegriffener Teil, der mit keiner Logik und keiner Klarheit zu erfassen ist. Ich werde affiziert von dem, was die Sprache in ihrem Ursprung ausmacht, im Akt des Benennens, der ein schamanischer Austausch, ja ein Handel oder Zwiegespräch mit den Dingen ist. Ich gebe dir meinen Blick, du gibst mir deine Form. Ich gebe dir das Symbol, du beschwerst es mit deiner Fremdheit. Ich preise deine Rinde, deine Haut, deine Wölbungen, und du lässt mich am Leben. Ich nenne dich Bruder, Bruder Sonne, Schwester Mond, und wir – das ist zum Hüpfen in dieser somnambulen Jahreszeit – sind eine Gemeinsamkeit, die mit jedem Schritt neu begründet wird.

Morgens. Schießt Gras auf in den Augen und durchwuchert die Sinne. Du nimmst meinen grünen Arm und legst ihn dir um die Schulter. Nackt sind wir und dampfend von Wolken, die über den Körper wandern. Deine Augen verlachen die Ungeduld. Ich möchte Wurzeln schlagen in dir.

Hörst du? Deine Zonen des Erwachens, dein Aufgehen in Schlaf, als sei es Schlaf und kein Berühren, alles, was ich mit den Fingern ertaste, ist plötzlich ein Land um mich und lehrt mich Wünschelrutengehen. So wandere ich in deine Lust ein, die mich mit Worten und Lippenbewegungen einhüllt, immer verlangender, je mehr wir eines Sinnes sind.

Bin ich jetzt eine Pflanze, und du bist der Regen – oder ist es umgekehrt?

Wir vertauschen unsere Gestalt (Liebe).
Wir verwandeln uns in Metaphern und Bilder.
Lustwandelnde Pflanzen, sage ich. Irgendwann erheben wir uns daraus, und während du mich ansiehst, schreibe ich deinen Namen in die Luft.

Du sagst: Ohne dass wir es merken, pflanzen wir Phantasien in die Dinge ein. Wir flechten Geschichten in die Baumstämme, stechen die Rinde an und injizieren ihnen unsere Erinnerungen und Mythen aus der Traumzeit, die seither in ihnen leben und eine unersetzliche Nahrung für uns werden.

Andererseits, sage ich, nehmen wir unsere Phantasiebilder aus den Dingen. Es gibt nichts Phantastischeres und Surrealeres als sie, nur dass wir sagen, sie seien die Wirklichkeit. Wir leben von ihren Formen, wir tragen ihre Abdrücke und Umrisse mit uns herum, und manchmal, wenn sie dann vor uns stehen, wundern wir uns, welche Macht sie über unsere Gedanken haben. Es ist, als würden sie von uns Besitz ergreifen. Dieser Zweig, der über meinen Kopf wächst, und dieser aufsteigende Mond, der durch ihn hindurchfällt, kann sein, dass es eine Grille der Nacht ist, aber natürlich sinkt dieses Bild in das Innere des Atems und erklärt mir die Welt, obwohl es sich nur um ein paar Blätter und eine helle Kugel handelt.

Die Dinge, sagst du, sind unsere Geschichte. Seit Urzeiten.

Wenn es stimmt, was Novalis sagt, dass der geheimnisvolle Weg nach innen geht, dann führt er noch über den Traum und den Traum im Traume hinaus und zeigt ganz am Ende eine Tür, durch die hindurch wir plötzlich etwas sehen, was wir nie wirklich begriffen haben: die Dinge.

Agave, das ist so ein Wort, das sich unter den Menschen aufrichtet. Wehrhaft, gewölbt in ihrem fleischlichen Innern, aber unerreichbar. Ihre Spitzen sind Spieße. Die Blicke wollen hineintauchen, und schon in den Augen ist es ein Schrei, der sich noch gerade rechtzeitig in Schweigen wendet. Schritt für Schritt gehen die anderen Worte vorbei und trauen sich keine Berührung mehr. Wer darauf zuliefe, bliebe in ihrem Dickicht hängen. Alle sechs oder zehn Jahre, sagt man, geht eine Blüte aus ihr hervor. Aber in Wirklichkeit schwillt sie im Knotenpunkt ihrer Lanzen so sehr an, dass plötzlich von unten her ein hellgrüner Riesendocht aus ihr emporsteigt, der sich im Zusehen zu einem regelrechten Baum entfaltet, drei- oder viermal so groß wie sie selber. Das ist ihr wildes, ekstatisches Blühen, ehe sie stirbt. Sieh an, da oben, sagen die Worte. Und von diesem Totembaum haben wir unser Denken genommen heute, eine ganze Stufenleiter von Denken, die vom Kopf bis in die Füße reicht.

Gut. Es gibt die natürlichen Dinge und die menschengemachten Dinge, die Menschendinge. Und dann gibt es natürlich noch die vielfältigen Übergänge zwischen beiden. Oft weiß man nicht mehr genau, wo die Grenze zwischen ihnen verläuft. Ist ein Wald etwas Natürliches, oder steht er so da, weil er von Menschen angepflanzt, von Schneisen durchzogen oder ausgeholzt worden ist? Und ist nicht die Landschaft, ja dieser ganze Küstenstreifen mitsamt seiner Macchia, die ein widerständiges, wiederkehrendes Bild der Wildnis ist, von Menschen mitgeprägt? Sind es nicht die Waldbrände, die Rodungen und Vernichtungen ganzer Landstriche, die zu ihrem Entstehen beigetragen haben? Die Römer, heißt es, haben für ihren kolossalen Schiffsbau die Wälder rings ums Mittelmeer gerodet, worauf dann auf der einen Seite die Wüste Sahara wuchs und auf der anderen Seite die Macchia entstanden ist, eine Folge der Kriegsführung und der Eroberung, um schließlich, noch einmal sehr viel später, zu einem Ort der Résistance zu werden: dem Maquis. Immerzu wehen die Wolken mit einzelnen Regentropfen in meine Sätze, wie ich sie schreibe, und die Tropfen lassen die Buchstaben auseinanderspringen, dass man sie kaum noch lesen kann. Explosionen der Schrift. Wenn ich also von Dingen spreche, meine ich beides, Wildgewachsenes und Menschenwerk. Das eine rührt an das andere, und sie überlagern einander in den verschiedensten Formen und Verformungen. Ich will sie auch gar nicht voneinander trennen. Im Gegenteil. Worum es mir geht, ist, ihr Fremdes, Unbeherrschbares, auch dort, wo sie von uns mitgeformt oder erzeugt sind, in den Blick zu rücken. Ich meine jetzt nicht die Dinge, die wir als Sklaven oder Fuhrpark halten, um uns ein bisschen größer zu machen und einem Image zu entsprechen – oder doch, auch sie meine ich, nur dass man sie ganz anders sehen müsste: nicht mehr als Sklaven oder Dienstleister, auch nicht als Prunk oder Schmuck, sondern als sehr eigenartige, sehr eigenwillige Begleiter. Es lassen sich die verschiedensten Verhältnisse zu ihnen herstellen. Vertrauter, Freund oder Angstgegner. All das können die Dinge sein, wenn sie uns durch den Tag geleiten und unsere Stunden sortieren bis weit in die Träume.

September. Sie machen kleine Feuer unter den Oliven. Weißer Rauch qualmt daraus hervor, und es knistert, wenn man an ihnen vorbeikommt. Die schräge Abendsonne scheint hinein und macht den Boden noch röter, als er ohnehin schon ist. Und noch später, wenn es dunkel wird, sieht man das Glimmen der Blätter- und Reisighaufen, aus denen Fahnen aufsteigen. Man weiß nicht so recht, ob es wirklich eine nützliche Arbeit ist oder nicht vielmehr ein Lebenszeichen, ein heimlicher knisternder Septemberritus, in dem man seine Spuren hinterlässt, selbst wenn man längst nach Hause gefahren ist.

Bruno Latour sagt, es sei hilfreich, die Dinge nicht länger als Objekte anzusehen, sondern als eigenständige Akteure oder Aktanten – egal ob es sich um leblose, lebendige oder technische Dinge handelt. Ihm schwebt ein Parlament der Dinge vor, in dem jedes einzelne seine Stimme erheben kann und von den Menschen bedacht und respektiert werden will. Denn was wir so leichtfertig Tatsachen nennen (faits), sagt Latour, ist in Wirklichkeit etwas, das uns auf verschiedenste Weise in Bann schlägt und den Charakter von Fetischen annehmen kann (faitiches). Bruno Latour geht den Umweg über Afrika und seine Fetischkulte, um den Blick noch einmal neu auf die Dinge zu werfen.

Dieser Augenblick, wenn Ruhe einkehrt in den Stein. Wenn er bei sich ist, mit dem Licht, das über ihn fällt. Mulden und Riffeln in ihm, ein Spiel von roten und ockernen, auch kalkweißen Farben, die sich mit den Augen ganz warm anfühlen. Was er erzählt, sind die über ihn herwandernden Helligkeiten. Was er berichtet, sind die Schatten, die immer andere Gestalten in ihm annehmen, und nebenher erzählt er auch noch, wie er im Laufe der Zeiten an die Oberfläche getreten ist, wie er die Tiere des Meeres in sich aufgenommen hat, in Form von Fossilien und Versteinerungen, die an seinen Rändern sichtbar werden.

Ich sage Dinge – und sollte lieber sagen: es sind Übergänge von einem zum Nächsten. Kein Baum ohne die Erde, aus der er wächst, kein Stuhl ohne die Stelle, an der er im Raum steht, und es braucht meinen Körper, damit er zu mir in Beziehung tritt. Erst in diesem Übergang, dieser Raumtiefe und dieser unabsehbaren Schichtung von Erinnerungen und Erwartungen nehmen die Dinge ein Eigenleben an, werden Akteure so wie ich, windige Charaktere und Überlebenskünstler.

Manchmal messen wir uns an ihnen. Und manchmal messen sie uns aus.

Ich hatte einen Freund, in der Stadt. Es war seine Angewohnheit, immer, egal wo er ging und stand, eine Muschel in seiner Hand zu halten. Meist hielt er sie in der linken Hand und hatte die Finger um ihre längliche, von festen Riffeln durchzogene Form geschlossen, so dass man sie gar nicht bemerkte. Selbst in der Nacht noch, wenn er das Haus verließ und eine Runde durch die Stadt drehte, wenn er in ein Lokal eintrat und sich gleich neben der Bar an einem der kleinen schwarzen Tische niederließ, hatte er die Muschel in der Hand. Sie schien fast schon so selbstverständlich wie seine zerschlissene Hose und sein Hemd zu seiner Kleidung zu gehören, ja vielleicht war sie viel wichtiger als alles, was er sonst am Körper trug. Für andere schien sie nicht bestimmt zu sein, wenigstens rollte er sie kaum einmal für jedermann sichtbar hervor, ließ sie höchstens wie nebenher, wenn er eine Bestellung aufgab oder ins Gespräch vertieft einen unvermutet hellen Gedanken in seinem Kopf entdeckte, zwischen den Fingern spielen. Und dann blitzte das Kalkweiß förmlich hervor. Er schien es nicht zu merken, sah niemals hin, während er es tat, hatte überhaupt kein Augenmerk auf die Riffeln und Kerbungen, die selber etwas Wellenförmiges an sich hatten (als sei das Rauschen des Meers in ihnen aufgehoben), und trug sie ganz einfach mit sich als Gefühl.

Die Muschel, kann sein, war selber eine unmittelbare Ausformung seines Gefühls, und er trug dieses Gefühl in den Faltungen seiner Haut, hüllte es mit der Herzlinie und der Kopflinie ein und tastete mit ihm die äußeren Ränder seines Schicksals ab. Die Muschel, mehr noch als alles, was ihm an Wort- und Lichtfetzen entgegentrat, gehörte zu seinen fünf Sinnen, sie war Teil seines Körpers wie seine Hand und seine Ohren – oder genauer: ein Teil seines Körpers war das heimliche Rauschen, das in der Muschel war. Und wie er es zwischen den Fingern bewegte, war ihm klar, dass er diesen Teil von sich nie besitzen könnte. Es war das Meer, in ein Stück Kalk verwandelt. Es war sein eigenes Leben anderswo.

Soll ich die Spuren aus den Felsen lesen, aus seinen Linien und Verkantungen, die sein bewegtes Leben sind? Oder besser noch: mich in die Felsen setzen und die Zeichen aus dem Himmel lesen? Die Hand zeichnet einzelne Wolkenformationen nach. Das dort hinten bin ich. Und das hier vorn bist du. Was heißt das? Plötzlich ist da eine Bewegung im Kopf, und ich werde den Verdacht nicht los, dass wir immer ein Zweites, ein Anderes, ein Gegenbild oder eine Entsprechung brauchen, um eine Vorstellung von uns selber zu haben, oder nein, viel mehr noch: ein Gefühl weit draußen von uns.

Gut. Ich schreibe mich in die Dinge ein, indem ich die Risse und Verwerfungen zwischen ihnen mit den Fingern nachzeichne, als seien es Gesichter. Im

Schauen und Nachzeichnen entstehen Umrisse, die ich mal näher an mich heranziehe, mal mit den Augen mehr in die Ferne rücke. Dieses Umherwandern der Augen ist es, das mich mit den Dingen in Verbindung setzt. Oder soll ich lieber sagen: die Dinge sind es, die sich durch unsere ausgestreckte Hand zu erkennen geben? Was wir Erkenntnis nennen, ist nichts weiter als Berührung der Fremde, eine Geste in die Luft hinein, ein Schritt über uns hinaus.

Kannst du mich hören? Hier, im Hochschauen, weht mir der Wind über die Schulter. Jeder Gedanke umgelegt wie Blattwerk, flatternd um die Arme, ein Flirren und Durcheinanderschießen von Licht, das aus der Sonne kommt. Hunde streunen über die Mauern, es hilft nichts, sie fortzuscheuchen, sie sind immer schon wieder da und schnappen sich die Reste der Worte, Knochen und Vergesslichkeit. Später liegen sie in den Felswannen und blicken mit gelben Augen zu mir herüber. Es scheint, dass ich ihnen Antwort geben soll.

Es gibt Dinge, mit denen wir uns einrichten, Dinge, die uns ganz vertraut und alltäglich scheinen. Das sind die domestizierten, gewöhnlichen Dinge, sagen wir, und wir neigen dazu, sie nach einer Weile mehr und mehr aus den Augen zu verlieren. Wir sehen sie immer weniger, schließlich liegen sie wie staubig gewordene Schemen oder Schatten da, als seien sie im Grunde gar nicht vorhanden. Gerade, dass wir nicht dagegenstoßen und unseren Weg Tag für Tag an ihnen vorbei finden. Aber wir sollten aufpassen. Manche dieser Dinge haben eine Kraft in sich, die wir niemandem, nicht einmal uns selber eingestehen würden. Wir erkennen es spätestens, wenn sie plötzlich fehlen. Jeder von uns, auch wenn er sich vielleicht gar nicht richtig darüber im Klaren ist, hat eine bestimmte Anzahl von Dingen um sich, ohne die er auf keinen Fall leben möchte. Sie stehen irgendwo im Raum verteilt, an unscheinbaren Stellen in einer Ecke hinten links oder im Verborgenen, im Schrank, in einer Schublade, in einem windigen Winkel der Erinnerung. Bei jedem ist die Anordnung eine andere, und sie ist, egal wie er darüber denken mag, sein geheimer Tempelbezirk, sein Allerheiligstes.

Ein Schrein von Gegenständen, der den Raum mit einer eigentümlichen Leuchtkraft erfüllt – ich kenne eigentlich niemanden, der nicht einen solchen Würfelwurf von magischen Gegenständen um sich hat.

Es können winzige Gegenstände sein, technische Geräte, Taschenmesser oder am Boden liegende Bücher, ganz zu schweigen von den Windbewegungen zwischen ihnen und dem Kopfinneren, die in einer steten Fluktuation sind. Und bekanntermaßen tragen sie den Ausdruck Gegenstand ganz zu Unrecht, denn wir haben sie für uns ausgewählt, haben sie aufgestellt, hin- und hergerückt, mit der Hand gestreift und zwischendurch auch manchmal fast vergessen, um sie am nächsten Tag plötzlich wieder in den Blick zu nehmen, weil sie uns etwas zu sagen haben und schon bei ihrer ersten flüchtigen Begegnung etwas zu sagen hatten. Es sind sprechende Dinge, und sie erzählen mehr über uns, über unsere Wünsche und unsere Versuche, die Füße einigermaßen verständlich durch den Tag zu bringen, als wir es selber tun könnten.

Jeder Gegenstand mit einer Geschichte, mit einer Landkarte, die uns unsere Wege weist.

Genaugenommen strömt die Zeit in ihnen zusammen. Sie enthalten die Vergangenheit, die zwischendurch jäh in ihnen aufleuchtet, und schlagen eine Brücke in unsere Gegenwart, als wollten sie uns daran gemahnen, was inzwischen aus uns geworden ist. Sie sind der Speicher unserer Erinnerung, voller erwärmender und unangenehmer Gefühle, je wie wir den Weg mit ihnen gegangen sind, und wenn sie altern oder Risse und Schrunden in ihrer Oberfläche bekommen, erinnern sie uns an unsere eigene Veränderung. Jetzt, wenn ich die Tischplatte ansehe, die vor Jahren ein Schreiner namens Gino im Nachbardorf gefertigt hat, sechs ineinander verfugte Pinienbretter, die wir noch einmal mit Leinöl eingelassen haben, worauf sie zunächst hellbraun und dann mit dem Regen immer dunkler wurden, kommen lauter Spuren von Erlebnissen in ihr zum Vorschein, Menschen, die an diesem Tisch gesessen haben, ein schräg hinüber gesprochener Satz um Mitternacht, ein Lachen, ein Funkeln von Augen, ein Anfall von Verlassenheit, als gäbe es keine Zukunft mehr. Sieh her, sagt der Tisch, hier bin ich, ich trage alles in mir, was gewesen ist. Streich über meine Oberfläche, und du wirst einen Teil deiner Haut spüren.

Die Dinge umgeben unseren Körper, als Außenpunkte und Wegmarken, ja eigentlich sind sie unser ganzes ausgelagertes Wissen, an dem wir Tag für Tag, so gut es geht, Halt finden, und wenn wir den Halt verlieren, stehen sie uns plötzlich als Schreckgespenster gegenüber.

Ein Stuhl, ein Tisch.

Schon wenn wir als Kinder einen Drachen über der Wiese steigen ließen, haben wir gespürt, wie wir mit der Hand durch die dünne Schnur hindurch in den Himmel greifen. Aber wir wussten auch sehr genau, dass es der Drachen war, der dort oben hin- und hergleitend uns in den Himmel greifen ließ, ja dass es der Wind war, der in den Drachen hineinfuhr. Und beide zusammen, verbunden mit uns, die unten am Boden stehend den Rest der Bandrolle in den Händen hielten, machten diesen Flug für uns wahr, gaben uns Antwort, wie es ist, am Ende der Augen da zu schweben.

Nicht anders ist es, wenn wir morgens ein Zimmer durchqueren und bestimmte Kurven um die Gegenstände des Vortags machen. Ein umgekippter Aschenbecher, ein leicht verrutschter Teppich, ein blaues Glas. Immer sind es die Dinge, die zu uns sprechen und eine Geschichte für uns eröffnen. Es können Schmerzen sein oder plötzliche Aufforderungen zum Atmen, Stiche, die aus ihnen hervorschnellen, als seien sie Messer oder Äxte, oder eine lautlos durch den Raum wandernde Musik. Aber keiner soll behaupten, dass wir uns nicht an ihnen orientieren.

Ich sollte von meinem Schreibstuhl erzählen, der mir lieb geworden ist. Er steht hier draußen im Freien, graues Holz, in dem der Scirocco seine Spuren hinterlassen hat. Manchmal denke ich, er erwartet mich schon, wenn ich über die Felsen zu ihm hinübergehe. Die Dinge rings um ihn sehen uns zu, wenn ich mich in ihn niedersetze. Vielleicht wäre es besser, sie selber erzählen zu lassen – sie haben mehr Übersicht und Ruhe in sich, und gar nicht so selten haben sie wohl ihre helle Freude an uns gehabt, ich habe zwar keinen Applaus und kein Lachen gehört, aber eine Spur von Lächeln glaubte ich in den Büschen um mich auszumachen, und mir schien auch, dass sie sich mehr und mehr in meine Schreibbewegungen hineinfühlten und an ihnen Anteil nahmen.

Ist das so?

Ja, das ist so.

Also, lasst hören.

Das war meistens morgens. Wenn er zu seinem Schreibstuhl kam, den er vor Jahren unter dem Olivenbaum aufgestellt hatte (er holte ihn im Winter ins Haus, brachte ihn aber mit Ankunft des Sommers wieder nach draußen), bog sich das Holzgestänge schon beim ersten Hineinsetzen ein beträchtliches Stück zur Seite und drohte, unter ihm zusammenzubrechen. Er musste den Stuhl, auch durch ein vorsichtiges Verlagern seines Körperschwerpunkts, Satz für Satz während des Schreibens in einer ungefähren Balance halten. So entspannt er vielleicht in ihm saß, so sehr lehnte er sich in die Gegenrichtung und schwang manchmal das Untergestell schwungvoll zur anderen Seite herüber.

Aber irgendwann reichte es nicht mehr, die aus dem Leim gehenden Verstrebungen mit dem Körper auszugleichen. Er musste einen Hammer holen und dazu Nägel, die er von verschiedenen Seiten diagonal in ihre Enden schlug, was natürlich zu umso mehr Löchern und leider auch Rissen im Holz führte. Kaum eine Woche verging, da sank der ganze Zusammenhang erneut zur Seite.

Er selber nahm das, wie alles und jedes, wenn man sich zum Schreiben setzt, zwar persönlich und vielleicht auch in einer bestimmten Weise symbolisch, aber er fand es entschieden ungerecht, denn sein Körper kam ihm im Vergleich zu dieser Entwicklung kerngesund vor. Er hatte eine innere Abwehr, es als Zeichen seines eigenen Verfalls zu nehmen oder als so etwas wie Schillers Apfel, von dem er öfters im Vorübergehen geredet hatte (ein Apfel, der in der Schublade liegend vor sich hin moderte, um nicht nur an den süßen Geruch der Frucht zu erinnern, sondern vor allem auch an die Vergänglichkeit), ein leises Fluchen kam über seine Lippen, und er sprang auf, um nach neuen Nägeln drüben im Haus zu suchen, die allerdings kaum besseren Halt fanden, als wären sie in den faulen Apfel selbst getrieben. So morsch war das Holz, so in sich zerfasert und zerrissen die Maserung darin. Schreiben, in diesem Stuhl, hatte jetzt etwas von einer Seefahrt ohne Schwert und Kiel, einer Seefahrt auf einer kleinen, gerade den Körper aufnehmenden Barke, die nicht einmal richtig im Wasser schwamm, sondern jeden Moment – das war der Unterschied – zu Boden stürzen konnte. Und die Sätze, die er schrieb, hatten etwas von diesem Navigieren an sich, wenn auch von einem heimlichen Lachen begleitet und vielleicht auch in der Absicht, seinem Körper Zeile für Zeile an Gewicht zu nehmen, ihn zunehmend leichter zu machen, bis er vier Handbreit über dem Boden schwebte.

Feuchte Luft. Meer, im Dunst aufgehend hinter der Macchia. Kein Horizont, kein Himmel.

Regenschleusen tun sich auf, sie schleudern die Wolken zur Erde, sie überschwemmen die Weinfelder, die Füße, die archaisch in die Tiefe versinkenden Felsen, es gurgelt und schäumt bis an die Küste hinab, wo das Meer rot wird, Mauern verrutschen unmerklich, ohne dass jemand genauer hinsieht. Die Wolken rollen am Auge vorbei und klatschen ihre Botschaft gegen die Schläfen, niemand will sie lesen.
Verstehst du, wie ich dich liebe, sagt der Regen, als er an diesem Gewitternachmittag ins Denken einfällt. Verstehst du, wie ich deinen Durst lösche und dich überflute weit über den Grund hinaus, auf dass du keinen Boden mehr siehst und zu schwimmen beginnst in deinem eigensten Element, das ich bin und nicht du.

Wir, beide. Wir seien ein Wesen, sagt Giordano Bruno. Lass es uns wenigstens einmal versuchen zu sein. Gehen wir ins Freie mit uns und schütten wir die Welt um. Dann, dann – du wirst schon sehen.

Wenn wir Tränen vergießen vor Lachen. Wenn unsere Körper Gefäße sind, die überfließen. Wenn wir überschäumende, überströmende Wesen sind und nicht mehr an uns halten. Wenn wir aus der Fassung geraten, weil wir so viel Fremdes in uns haben. Wenn uns die Worte und Silben herauskommen, ohne dass wir sie so gewählt hätten. Wenn es über den Rücken strömt, über die Haut und die Zunge. Wenn alles, was wir sind, ein einziges Über-uns-hinaus ist.

Nächster Tag. Eine Katze liegt tot auf der Straße. Ein Reiher fliegt mit drei trägen Schwüngen vor den Füßen auf. Eine Kerze kippt. Wir tragen Regenschirme gegen die Verlassenheit. Aus dem Fenster dringt eine Musik von vor zwei Jahren. Alle Möbel sind ins Innenland davongefahren, Tische, Matratzen auf den Ladeflächen von dreirädrigen Apes. Sind das noch wir, die hier sitzen?

Weiß einer, warum die Dinge verstummen? Und wann sie es tun? Was bringt sie dazu, sich plötzlich vor uns zu verschließen und keinen Hauch einer Verbindung mehr zwischen uns zuzulassen? Ist es ein Schrecken, der in uns selber liegt? Eine aufflackernde Angst, eine Verdunkelung mitten in der Helligkeit? Liegt es vielleicht daran, dass wir die Gesellschaft von Menschen brauchen, um uns den Dingen um uns zuzuwenden? Irgendeinen Zuspruch, der uns befähigt, unsere Sinne auf sie zu richten und ihnen zuzuhören? Oder kommt es von ihnen? Funkstille. Abbruch. Du stehst mitten in der schönsten Landschaft, und eine Stummheit überfällt dich.

Was ist das?

Sind die Dinge nur ein Intermezzo, das sich im Handumdrehen verflüchtigt? Und später, im Alter, ich habe es selber aus nächster Nähe miterlebt – was geht da vor, wenn einer nicht mehr die Kraft aufbringt, aus sich herauszuschauen, wenn er sich mehr und mehr in einen Innenraum zurückzieht und die Augen irgendwann nicht weiter als bis zu seinen Fingerspitzen wandern lässt, später, sag schon, wenn einer anfängt zu vergessen, um wen es sich bei ihm handelt, wenn er die Namen vergisst, erst die Namen der anderen, dann schließlich auch den eigenen? Die sich entziehende Welt, schlimmstes Ereignis, und kein Gespräch mehr mit den Dingen. Darüber ein andermal.

Immer hatte ich gedacht, ich kenne diesen Landstrich, ich kenne ihn inzwischen in- und auswendig, ich bin über Jahre wieder hierher zurückgekehrt, und selbst die Bäume, die um mich gewachsen sind, sind mit mir groß geworden, ihre Rinde ist Teil meiner Haut – wenn ich ins offene Land gehe, tauche ich in einen Außenbezirk meines eigenen Körper ein, jeder Strauch voller Erinnerungen, jede Steinmauerkante eine Wiederkehr, über die ich mit den Händen streife.

Aber heute, vom Innenland her kommend, bogen wir zwischen zwei Torpfosten am Rand des Walds in einen Weg ein. Es waren eher Säulen, achteckig beschnitten und vielleicht zweieinhalb Meter hoch. Der Weg war aus Schotter und Sand, er führte zwischen Pinien leicht gebogen an einem ehemaligen Steinbruch vorbei, in den vor hundert Jahren ein Mönch sich eine Klause gehauen hatte. Auch gab es Felder, die hinter dem Wald begannen, und links tauchte irgendwann die Ruine von einer viel zu großen Masseria auf, einem Einödhof, in dem ab und zu noch die Schäfer Station machten oder ihre Botschaften an Mittelsmänner des Innenlands weitergaben – eine Schaltstelle der hiesigen Mafia, der Sacra Corona Unita, dachte ich, ein Umschlagplatz für Drogen, die von der Küste kamen, oder eine Zwischenstation für die unten am Strand anlandenden Flüchtlinge, die auf Schlauchbooten oder, wer weiß, maroden Fischerbooten hierher gebracht wurden, sei es aus Albanien, von wo auch das Heroin aus Afghanistan ankam, sei es aus Nordafrika. Die Mauern sahen lieblos und kalt aus, sosehr sie von Büschen überwuchert wurden. Eine Eisenkette hing davor, schwer und rostig, ich verspürte keine Lust, weiter ins Innere vorzudringen, hatte auch Angst, in eine Falle zu geraten.

Und gleich hinter diesem Geisterhaus, am Rande der Welt, taten sich dann plötzlich, als seien die Zeichen des Erschreckens mit einem Mal weggewischt, mehrere weiß blühende Felder vor uns auf. Hohes, sattgrünes Gras, das nach dem Regen aus dem Boden geschossen war, und darüber ein ganzes Meer von hochgewachsenen Asphodelen, deren Blütenkerzen bis über die Hüften gingen und sich in Wellen durch die leicht geschwungene Senke bis hinten zu den Oliven fortsetzten. Eine Herde von Ziegen stand da und rupfte die frischen Gräser mit den Mäulern ab, manche waren auf eine Steinmauer geklettert und erhoben sich vor einem Johannisbrotbaum auf die Hinterbeine, um die Früchte von ihm herabzureißen. Am Boden schimmerte die Erde mit ihrer roten Färbung durch, was noch einmal eine zweite Ebene in der Tiefe ergab. Nie hatten wir diese Felder gesehen.

Und wie wir jetzt durch sie hindurchfuhren, ganz dicht an den Ziegen vorbei, kamen wir zu einem weißen Haus, das zwischen Haufen von Gerümpel und Schläuchen in der Senke lag. Vielleicht wohnt hier Roberto, dachten wir. Wir hatten ihn oft an anderen Stellen gesehen, im Dorf, wo er Gemüse verkaufte, oder bei Freunden, wo er mit einem Sack voll Mehl erschien, um Pizzabrote zu backen. Wir wussten, dass er irgendwo in dieser Gegend zu Hause war, aber wir waren nie bei ihm gewesen.

Als wir an die Tür klopften, kam niemand, der uns öffnete. Wir drückten sie auf und hörten hallige Stimmen aus dem Innern. Wohnt hier Roberto, riefen wir, um nicht als Eindringlinge zu erscheinen. Si, kam eine Antwort. Aber Roberto ist nicht da. Und dann fiel unser Blick in den zentralen Raum des Hauses, wo zwei alte Frauen und ein noch älterer Mann mit einem Stock vor sich halb von uns abgekehrt zu einem Fernseher aufschauten, aus dem es laut dröhnte, irgendeine Showsendung schon am Vormittag, mit zwei Ansagerinnen in High Heels und verführerischen Kleidern, während sie, die drei Alten, unter der Doppelkuppel eines ehemaligen Kuhstalls auf ihren Stühlen saßen, gerade noch ein Tisch in ihrer Mitte und ein Wachstuch darüber, sonst nichts, unsere Augen verirrten sich in diesen Anblick, drei große Hunde schnürten um uns, ein Stück weiter, neben dem Eingang, lagen junge, fast neugeborene Welpen mit dicken Wollpelzen zwischen Reisighaufen, kein Blick, der uns folgte, es war, als seien wir in einen letzten Außenposten der Zivilisation geraten, und als wir in den Wagen stiegen und weiterfuhren, kamen wir in eine nie erblickte, wuchernde, sich über Kilometer erstreckende Macchia.

Der Weg, über Felsen und Schotterstrecken, änderte alle Augenblicke die Richtung, tauchte rechts in die Oliven hinein, die aus den Felsrissen emporwuchsen und schon an manchen Stellen Netze für die Ernte unter sich liegen hatten, um dann wieder in unbeackertes Gelände aufzusteigen. Einmal stieß ein Querweg von rechts dazu, fast wie eine Erleichterung. Denn wir wussten nicht, ob wir, kaum einmal vom Weg abgekommen, kaum einmal von den Asphaltstraßen abgebogen, nicht geradewegs auf das Ende der Welt zufuhren oder, wer weiß, in eine andere, unbekannte hinein, aus der es kein Zurück mehr gab. Finis Terrae, so nannte man ja auch diese Gegend hier. Die Felsen unter uns fielen manchmal über Stufen und Rillen in die Tiefe ab. Es war nie absehbar, ob man heil über sie hinweg kam, geschweige denn, was hinter ihnen noch alles auf uns wartete.

Der zweite Weg schien tröstlich, er deutete auf Verbindungen und soziales Leben hin, auch wenn wir uns längst nicht mehr erklären konnten, in welches Gelände wir hier geraten waren, nach all den Jahren, wo wir kreuz und quer durch die Landschaft unterwegs waren. Als wir dann endlich, viel später, bei einer kleinen Asphaltstraße ankamen und auf ihr über Serpentinen und enge Kurven zur Küste hinunterrollten, wussten wir immer noch nicht, wie das möglich gewesen war: Wir hatten einen Landstrich durchquert, der uns noch nie vor die Augen getreten war. Und wenn es keine Einbildung war, was wir gesehen hatten, kein Traum und keine Fata Morgana, die uns kurzweilig in Verwirrung stürzte, dann war es dieses Land selber, das uns in seine Einsamkeit hineingezogen hatte und uns eines Besseren belehrte, wenn wir glaubten, wir kennten es so gut wie unsere Westentasche. Zwischen zwei Torpfosten hindurch, mit einem unmerklichen Zittern in der Luft, hatte es uns vom Weg fortgelockt und uns bewiesen, dass wir im Grunde keine Ahnung hatten.

Nachts. Wie viel unentdeckte Erde ist da unter mir? Und wie viel Lust? Und wie viel Brunnentiefe?

Um die Erde zum Reden zu bringen (schreibe ich im Dunkeln über die Seite hin), muss man in das Innere der Rede eindringen – und dort lernen zu graben. So lange bis man die harten Schichten der Verständigung verlassen hat und weit hinter dem Sinn wandert. Den Mund als Ohr benutzend. Mit allen Sinnen lauschend. Los. Rede, Erde.

Morgens. Eine Elster versucht in die Sonne zu fliegen. Viel zu hoch. Flatternd, mit leicht nach unten abfallendem Schwanz. Vielleicht hat sie das Glück im Schnabel, des Rätsels Lösung, einen Löffel. Sie scheint fast in der Luft zu stehen, so sehr ist sie von den Sonnenstrahlen gefangen. Jetzt verbrennt sie.

Abschied, Abschied, mitten im Atemholen zerrt es an den Sinnen. Ein seltsames Schweigen ist in den Bäumen, schon Tage bevor ich von hier weggehe. Es weht mich an und sagt, warum reist du fort? Bald stehen wir hier ohne dich und müssen ohne dein Lauschen auskommen. Und du, wie lässt du uns hier sommerlos zurück, schickst uns in den Winter, ohne dich um die Stürme, die über uns hergehen, zu kümmern? Bleib da und nimm nicht das Bild von uns als heimlichen Schmerz mit dir. Wir brauchen dich, so wie du uns brauchst, wenn du von allen Geistern verlassen vor uns stehst. Wir sind deine guten Geister, und du kannst uns nicht einfach wegfotografieren mit den Augen, um davonzuziehen. Hörst du? Der Riss, den du zwischen uns und dich legst, ist deiner und nicht von uns. Das Opiat der Trennung, mit dem du jetzt Schmerz empfindest, ist eure Menschenkrankheit und kann nicht durch Winken oder Abschiedslächeln gerettet werden.

Abschied. Erklär mir, was ein halbwegs vernünftiger Abgang ist. Und was eine Hibiskusblüte, die morgens aufgeht und abends in der Erde liegt. Fünf Granatäpfel liegen neben mir auf dem Tisch. Ein Korken, ein Feuerzeug, ein Glas Wein, ein Stift, ein Kerzenhalter. Dahinter zwei Stühle, die zur Küste blicken.

Einmal hab ich das Rauschen gehört. Es ging durch mich. Es kam vom Meer und vermischte sich mit Sprühfunken der Helligkeit. Die Sonne war in Nebel gesunken, sie hatte im Grunde keine Chance mehr, aber das Verrückte war, dass der Nebel um mich brannte. Das Geräusch, das in der Luft war, ein irres Gemisch aus Himmel, Wolken und verdrehten Olivenblättern, hörte sich wie Brandung an. Vielleicht war es das auch, nur flog und webte es sich mitsamt den Schwalben, die sehr tief am Boden flogen, durch meinen Körper hindurch, ungefähr in der Magengegend, vielleicht ein halbe Hand darüber, und es trug mich wie einen Teil von ihm, es hat keinen Sinn, noch länger Vergleiche herbeizuziehen. Ich war von ihm aufgenommen, ich lebte in ihm. Nicht mehr in den Straßen, nicht in einem Haus, sondern nur noch in diesem Rauschen. Jeder Schritt, den ich tat, jedes Wort, das ich in die Luft sprach, war ein Vibrieren in seinem weitgespannten Netz, das vollkommen unsichtbar und doch so mächtig war, dass ich glaubte, die Dinge noch nie so deutlich um mich gesehen zu haben. Ich hätte kein Problem gehabt, in diesem Augenblick lauter neue Namen für sie zu finden.

KÖRPERTAUSCH

Moosflechten, ringsum am Boden, dazwischen kleine, blutrote Blüten, in denen die Bienen summen, es muss schon bald Sommer sein, ich rede hier aus den Wurzeln heraus. Meinen Stamm gibt es nicht mehr, wenn das jemand erwartet hat. Wichtiger ist: das Wachsen in der Macchia, mit Blick aufs Meer, in karstiger, von Felswannen durchwanderter Umgebung. Ja, die Steine wandern hier. Neben mir stand einmal ein Myrtenbusch, der mich um einiges überragte. Aber ich holte auf. Lautloser Triumph, als ich eines Tages über seinen höchsten Punkt hinauswuchs und ein Stück hinter ihm das Haus sah, das schneeweiße Haus, in dem von Zeit zu Zeit Leute wohnten.

Besonders ihn konnte ich sehen, den Mann mit dem Strohhut, wie er vor dem Haus saß und schrieb.

Er kam immer von weitem gefahren, mit den Seinen, und ich gebe zu, dass ich stetig vor seinen Augen größer wurde.

Dann, vorletzten Sommer, so lange ist das inzwischen her, kehrte er aus dem Norden zurück und sagte: Ich kann das Meer nicht mehr sehen. Er starrte in meine Richtung, und ich hätte ihm gern unter die Arme gegriffen. Seine Unruhe, seine Hast in den ersten Stunden nach der Ankunft. Wie soll ich sagen, sein Leben anderswo, weit im Norden, ich weiß nicht, was er da getrieben hat. Vielleicht hat es ihn aufgerieben. Eine Zeitlang tigerte er vor dem Haus hin und her, dann kam er mit einer Säge.

Ich sah ihn weiter oben, wie er ungefähr auf der Mitte zwischen der Terrasse und mir einen kleineren Baum absägte, einen wie mich, meinesgleichen, wenn das der richtige Ausdruck ist. Eine halbe Stunde dauerte es, dann gab es einen kurzes, durch die Zweige brechendes Geräusch und gleich darauf den dumpfen Aufprall.

Er hatte an diesem Tag eine Kappe auf, vielleicht war das ein Fehler, eine hell leuchtende Schirmmütze statt des Strohhuts, und sie rutschte ihm vorn ins Gesicht.

Schwer an mich heranzukommen, das ist wahr. Ich war umzingelt von Dornen. Er musste sich eine Schneise zu mir durchschlagen. Schritt für Schritt. Er schwitzte. Es war sein Geburtstag, früher Sommer, ein wunderbarer Tag.

Als er endlich bei mir war, wühlte er sich zu meinem Schaft hinunter und begann zu sägen. Eine rote Metallsäge mit einem zwei Finger breiten Blatt. Er sägte mich dicht über dem Boden an. Erst auf der Meerseite, und als er dort stecken blieb, von der Seite des Hauses, und als er dort ebenfalls stecken blieb, von Norden.

Die Dornen stachen ihn in den Rücken. Ich sah, wie er außer Atem kam, und schrie nicht. Die Schatten der Dornen krabbelten über seinen Nacken, es sah wie Spinnen aus, besonders, wenn er sich zwischendurch aus seiner gekrümmten Haltung aufrichtete und zum Himmel sah.

Verflucht, sagte er einmal.

Er nahm seine Kappe ab, unter der die Haare längst klitschnass waren, und setzte sie verkehrtherum wieder auf.

Als er im Norden, auf der Seite, wo der Tramontana in mich hineinweht, festklemmte, sank er kurz an den Stamm und schien wie ein pochendes Bündel Unglück nachzudenken. Er oder ich. Wir sprachen nicht. Es ist unsinnig, in solchen Momenten sprechen zu wollen. Er war aus dem Norden gekommen. Er hatte die Ungeduld einer unerfüllten Sehnsucht in sich. Er wollte das Meer sehen. Er wollte frei aus den Wünschen heraus bis zum Meer hin atmen können, und wenn er dazu die Landschaft zurechtstutzen musste.

Plötzlich war ich also sein Feind. Oder soll ich lieber sagen: Ich war sein Fremdkörper? Ich war der, der ihn vom Meer abhielt. Ich war der andere von ihm selbst. Er wollte mich kurzum wegrasieren. Er wollte, mit mir, am besten alles, was ihn in den letzten Stunden und vielleicht auch in den Tagen und Wochen vor seiner Ankunft an ihm selber gestört hatte, wegrasieren. So ist er. Der ganze Zusammenhang des Irrtums rieselte mir über die Rinde. Er glaubte, eine Freiheit zu erlangen, indem er mich erledigte. Welch eine Idiotie. Er muss es im Sägen, im blinden Drauflossägen, gegen alle Kräfte an, selber gemerkt haben. Insgeheim wusste er vielleicht längst, dass er sich da in den Wahnsinn hinein sägte. Denn je schwächer er wurde, desto krampfhafter zog und zerrte er an der Säge, mit dem Erfolg, dass er im Wegstoßen hängen blieb und im Heranreißen einen Ausdruck der Verzweiflung im Gesicht bekam. Die Augen waren nur halb offen, es quoll von Tropfen rings um sie, und es fehlte immer noch gut ein Drittel des Stamms, bis der mich geschafft hatte.

Ich selber empfand das alles übrigens mehr in seinem Körper als in mir. Es war eine gewisse Neugier da, das gebe ich zu. Er wollte mich umbringen und verwechselte da etwas. Irgendwann, als er sich über den Boden gebeugt und längst schwankend in mir festgesägt hatte, keuchte es aus ihm heraus.

Es war eine Art Stöhnen, ein sehr leiser Schrei, den ich nur aus großer Nähe heraus hören konnte. Er ließ die Hände sinken, hob sie dann aber noch einmal zittrig, fahrig an, um die Säge aus dem Stamm zu reißen, und wankte mit ihr von dannen.

Durch die Dornensträucher sah ich ihn etwas später auf der Terrasse sitzen. In praller Sonne saß er da und dämmerte vor sich hin.

Warum gehst du nicht in den Schatten, fragte die Frau hinter ihm. Dann lag er auf einer Bank und bewegte sich nicht mehr. Vielleicht schlief er. Oder nein, er redete. Er redete immer wieder denselben Satz. Inzwischen weiß ich ihn, ich habe meine Informationen in der Macchia. Er sagte: Ich glaube, mich hat eine Tarantel gestochen.

Andere beugten sich über ihn und versuchten ihn etwas zu fragen, aber er schien nicht zu antworten. Murmelte nur seinen Satz vor sich hin. Lange Zeit ging das so, und das Meer hinter mir rollte seine Wellen gegen den Strand an. Er konnte es nicht sehen.

Seine Augen waren geöffnet, aber sie sahen nichts.

Meine Kerben im Stamm begannen sich allmählich mit Harz zu füllen.

Ich roch mit meiner klaffenden Stammwunde wie eine Macchiaschönheit. Ich, aufrecht im Schmerz Stehende, war von einem Schwall Harzgeruch umgeben, selten habe ich mich so sehr und so seltsam am Leben gefühlt wie in diesem Moment. Ich stand, dreiseitig angeschnitten, in den Himmel, und er lag dort hinten hingestreckt auf der Terrasse.

Später erhob er sich, allerdings sehr langsam, und drehte den Kopf, als begriffe er nicht, was geschehen war. Er verschwand im Haus und blieb für mehrere Tage im Dunkeln. An einem Morgen sah ich dann, wie er vorsichtig, immer noch leicht schwankend vor die Tür trat. Seine Augen wanderten über die Sträucher hinweg und blieben an mir hängen. Dieses Gefühl, angeschaut zu werden, aus der Ferne, hatte etwas Eigenartiges für mich. Es waren Blicke voller verstörter Sehnsucht. Und gleichzeitig traute er sich nicht, näher zu kommen, als hätte er Angst vor mir. Einmal machte er einen Ansatz, ein paar Schritte in meine Richtung vorzugehen, drehte dann aber wieder um. Am folgenden Nachmittag sah ich, wie er einen größeren Bogen um mich machte und mich von Süden betrachtete. Ein andermal stand er im Westen, immer in gehöriger Distanz, er starrte mich wie das unberührbare Rätsel seines Körpers an.

Dann war er verschwunden.

Im Jahr darauf brannte die Küste. Das Feuer kam mit einem scharfen Nordwind über den Hügel herab, es klang ähnlich wie Wasser, seltsam, das Krachen der Äste, das Prasseln und Zischen hörte sich genau so an, als würde man aus dicken Schläuchen in die Bäume spritzen. Mit einem explosionsartigen Fauchen ging der Myrtenbusch vom Boden her in Flammen auf und wurde zu einer Feuerfackel, deren Ränder sofort in meine Zweige sprühten. Von meinem Verbrennen rede ich nicht. Ich habe auch nicht viel Erinnerung daran behalten. Während ich oben flackerte, stürzten sich innen alle Säfte in den Boden hinab.

Ich blieb unter der Erde, in den Wurzeln. Im Grunde bin ich es seitdem geblieben. Zwar gab es noch einen schwarzen Stamm über mir, eine Weile, aber er knickte in den ersten Herbststürmen mit einem lauten Krachen genau an der Schnittstelle, fiel zu Boden und vermischte sich mit der Erde. Danach gewöhnte ich mich daran, aus der Wurzel heraus in den Himmel zu schauen, der ganz und gar frei war. Ich, voll schwärmender Säfte, stand im offenen Land, so wie ich es am Anfang meiner Tage getan hatte, und ich spürte diese Bewegung in mir, diese Lust, aus mir heraus zu treiben, egal was das Wetter dazu sagte.

Als es Frühling wurde, war ich umgeben von Blumen, erst dottergelben, dann roten, die wie lebendiges Blut aussahen. Und über all diesen Blüten sah ich ihn, ja, den Mann mit dem Strohhut, wie er vom Haus her näherkam.

Er war wieder zurückgekehrt. Er hatte den Weg aus seiner Wirrnis endlich bis zu mir gefunden. Spiralförmig, in immer neuen Kreisen suchte er nach der Stelle, wo es mich gegeben hatte. Und als er mich gefunden hatte, setzte er sich hin, mitten zwischen die Blutstropfen am Boden.

Da sitzt er jetzt, in Reichweite neben mir, und er hat eine seltsame Ruhe im Gesicht. Es ist das erste Mal, seit unserer Begegnung, dass wir in so vertrauter Nähe sind. Seine Hand tastet über die Bruchstelle, wo er mich angeschnitten hat. Zerborstenes Holz ragt in der Mitte auf, der Rest ist verharzt. Dann hält er inne, als er den fingergroßen Trieb daneben sieht. Er atmet durch. Sein Hut wirft einen ovalen Schatten über mich. Soll ich ihm zuhören?

Da ist ein Ast in mir, sagt er. Du hast einen Ast in mich getrieben. Lange habe ich es nicht gemerkt, weil ich nicht wusste, was los war und was ich überhaupt getan hatte. Als ich vorm Haus lag, war ich nicht bei mir. Ich war ohne Bewusstsein. Und vielleicht war ich es schon ansatzweise vorher, als ich mich mit der Säge in dir verhedderte und irgendwann zum Haus zurückging. Ich habe keine Erinnerung mehr daran, wie ich zurückgegangen bin. Weiß nur noch, dass ich dort drüben auf der Terrasse gesessen oder gelegen bin, es sind Bilder aus einem sehr ungefähren Traum.

Und wenn es ein Traum war, dann war es einer der fernsten, die ich erlebt habe. Ich sah nur Schemen um mich, die Sonne war ein Schemen, ein großer Ball, der sich in meinen Kopf brannte, ohne dass ich mich wehren konnte. Die Terrasse strahlte eine diffuse, viel zu große Helligkeit von den Wänden ab. Schatten suchen war sinnlos. Auch die Stimmen, die anfangs noch da waren, klangen wie Echos und nahmen keine Verbindung mit mir auf.

Kannst du mich hören? Wenn es ein Traum war, ich meine ein Traum, wie man ihn in Todesnähe träumt, dann war nichts Faszinierendes daran, nichts, was mich über die Grenze lockte oder gar unbekannte Bilder in mir wachrief. Überhaupt nichts wurde wachgerufen. Es war die pure Verschwommenheit, ein Vorüberziehen von Schwaden, die unmerklich in Dunkelheit übergingen. Von da an redete ich wohl noch, aber es hatte nichts mehr mit mir zu tun. Man sagt, ich soll immer wieder den Satz hervorgebracht haben: Mich hat eine Tarantel gestochen. Kann schon sein. Ich habe keine Ahnung, wer oder was meine Lippen dazu bewegt hat, diesen Satz zu sagen. Vielleicht wollten sie zum Ausdruck bringen, dass ich mit einer Art Wahnsinn geschlagen sei, oder genauer: mit einem Todesgift, wie man es den Taranteln hier nachsagt. Musik, heißt es, nur mit Musik lässt sich das Tarantelgift wieder lösen, man muss die Tarantella spielen und dazu tanzen, der Stich wird mit der Pizzica-pizzica erwidert.

Es ist auch gut möglich, dass ich schon unter dir, beim Sägen, an Taranteln gedacht habe und dass sich das Wort mit den Dornen in meinen Körper gestochen hat. Oder gab es Taranteln in dir? War da eine, die mir über die Haut gewandert ist? Hat sie geholfen, den Ast in mich zu bringen oder zumindest den Zustand des Dahindämmerns? Seltsame Abwesenheit.

Was rede ich? Es ist im Grunde noch ganz anders. Der Traum war das eine. Das andere war der Schock, als ich erwachte und merkte, dass ich eine Zeitlang bewusstlos gewesen war. Dieser Schock war so groß, dass es mir die Beine wegschlug, es war ein quer durch mich fahrender Blitz, und er führte dazu, dass ich mich tagelang bei abgedunkeltem Fenster im Bett verkroch und nur zwischendurch manchmal mit zitternden Knien aufstand, um vor die Tür zu treten, wo das Licht sofort wie ein Schmerz in meine Augen fiel und viel zu hell war, obwohl rings um mich die Vögel zwitscherten und besonders einer vor dem Haus eine immer neue Abfolge von Melodien sang, als wolle er mir die Grundlagen der freien Tonalität erklären und dabei doch lieber unsichtbar bleiben, denn ich fand ihn dort nirgends zwischen den Zweigen.

Ich sah nur den einen Baum weiter unten, den ich angesägt hatte, wie soll ich sagen, meinen Baum, ich sah dich, du ragtest da völlig ungerührt an derselben Stelle auf, als hätte ich dir nichts angetan.

Jetzt ganz allmählich spürte ich den nach hinten stechenden Ast in meinem Kopf, er verlief dicht unter der linken Schläfe nach innen und verästelte sich sogar, man konnte mit den Fingern darüber hinstreichen, wenn man gewollt hätte, aber von außen war nichts zu erkennen. Keine Einstichstelle. Je länger ich dastand, und noch stärker, als mir die rote Säge unmittelbar vor meinen Füßen auffiel, an der immer noch einzelne Splitter und Späne von deinem Stamm klebten, desto mehr schwoll er im Kopf an.

Ja.

Ich wollte dich absägen, jetzt hatte ich dich im Kopf. Du bist, im Moment, wo ich die Beengung der Welt zerschlagen wollte, wo ich mein Leben mit aller Macht, als sei ich mit meiner eigenen Muskelkraft dazu fähig, in eine Übersicht und Klarheit bringen wollte, in mich übergegangen. Wie du das genau gemacht hast, weiß ich nicht. Vielleicht hat sich eine Ader gestaut, und du bist in sie hineingesprungen. Auf jeden Fall hast du es geschafft, mir zurückzugeben, was ich die ganze Zeit in dir gesehen habe. Denn du, ausgerechnet du bist es gewesen, der mir wie ein Fehler im Zusammenhang vorgekommen ist. Du warst mir ein Dorn im Auge, was sage ich, du hast mir in die Augen geschnitten, du nahmst mir die Sicht aufs Meer, nach dem ich mich über Wochen und Monate hinweg gesehnt hatte und das nun verstellt war von dir, als hätte ich kein Anrecht mehr, bis zu jenem fernen Punkt zu blicken, wo die Seele aufgeht. So bin ich zu dir hingegangen, um dich abzusägen. Ich wollte alle Beengung, alle Sterblichkeit und allen Tod aus mir forttreiben, indem ich dich umlegte. Stattdessen hatte ich jetzt einen Ast im Kopf, und er blühte in mir als wilde Erinnerung an meine Sterblichkeit.

Schön, neben dir zu sitzen. Es gibt noch etwas anderes, was ich dir erzählen wollte. Es ist das Allerungewöhnlichste, auch wenn mir das nicht gleich aufgefallen ist. Wie soll ich es dir erklären? Ich stand unter Schock, ich war in meinem Dämmerzustand dem Tod begegnet, und als ich wieder zu mir kam, fand ich ein Zeichen in mir, das mir fast die Sprache nahm. Zumindest zog es mir den Mut des Sprechens in diesen ersten Tagen von den Lippen fort, so dass ich, wenn überhaupt, nur ganz leise meine Worte formte und alles, was ich um mich fand, wie eine wiederentdeckte Fremdheit mit der Hand berührte. Dies ist ein Tisch. Dies ist ein Becher mit einem draufgemalten, blauen Hahn. Dies ist meine linke Hand. Die Langsamkeit, mit der mir die Dinge wieder vor die Augen traten und sich wie nebenher in den Weg stellten, um berührt, angefasst und mit einem Namen benannt zu werden, der vielleicht der alte Name war, aber noch einmal aus großer Ferne neu zum Vorschein kommen wollte, führte mehr und mehr zu einer emphatischen, mich förmlich überströmenden Entdeckung: Ich war bei Bewusstsein. Und nicht nur das: Die Dinge umgaben mich auf rätselhafte Weise. Ich lebte mit ihnen zusammen, sie waren da, weil ich eine Nähe zu ihnen hatte. Dieser Kopf, mitsamt deinem Ast darin, war nur dank einer schwer entschlüsselbaren Beziehungnahme vorhanden. In gewisser Weise wurden wir gegenseitig in unseren Blicken und Berührungen hervorgebracht, und all das geschah in einer Wachheit, die mir völlig irrwitzig und wunderbar vorkam.

Kannst du mir folgen? Früher hatte ich immer gedacht, das Bewusstsein sei das Normalste von der Welt. Jetzt, wie ich mich umsah, war es das Kostbarste. Es trennte mich nicht länger von den Dingen, sondern brachte mich ihnen nahe, es versetzte mich mit einer eigenwilligen Zauberkraft in ihre Gegenwart, so sehr ich auch dabei abschweifen mochte und meine Gedanken in andere Zeiten und Räume lenkte. Vielleicht gehörte beides zusammen. Vielleicht, schwante mir, musste ich abschweifen, um wieder zu ihnen zurückzukehren.

Irgendwann, um die Mittagszeit, wie ich auf einem Stein saß und in die flimmernden Gräser vor mir schaute, durch die ein kaum merklicher Wind ging und an einzelnen Stellen die Halme zum Schwanken brachte, hatte ich das Gefühl, ich könnte das Bewusstsein mit Händen greifen, ja ich glaubte ganz deutlich zu sehen, was es ist.

Willst du es wissen?

Es ist der Wind, der durch die Augenblicke weht. Es ist der Wind, der einen Moment mit dem anderen zusammenbindet und ihn mit Gedächtnis auflädt. Drum sind wir, sprach ich in einer Art hellwachem Trancezustand vor mich hin, jetzt eben gleich am Leben. Und ich betonte jedes Wort einzeln und wiederholte den Satz gleich noch einmal:

Drum
sind
wir
jetzt
eben
gleich
am
Leben.

Was wir Gegenwart nennen, ist in uns zusammenwehende Zeit. Wenn es kein Eben und Gleich mehr gibt, dann gibt es auch keine Gegenwart. Und stell dir vor, wie viel Doppelsinn in jedem dieser Worte steckt: Die Vergangenheit klingt nach Ebenbild, die Zukunft nach Gleichnis, so sehr vermischen und überlagern sie sich gegenseitig in uns, verstehst du?

Wir leben im Doppelsinn. Wir leben im Austausch, du und ich. Das wollte ich dir nur einmal sagen. Vielleicht weißt du es ja längst. Du hast eine Erinnerung in mich gepflanzt, die mich seither nicht verlassen hat. Du hast mich gefällt, als ich daranging, dich zu fällen, und von da an hast du meinen Weg verändert. Du hast mich zu Sinnen gebracht, darauf gebe ich mein Wort. Du hast mir das Denken beigebracht. Und sieh es mir nach, wenn ich gleich aufstehe und davongehe. Ich trage dich in mir.

Das Verschwinden der Sprache

Vor Zeiten kam Venus auf einer Muschel aus dem Meer. Sie stieg aus dem Schaum auf, der sich zu einer schwimmenden Schale verfestigt hatte, und trieb auf das Land zu. Der Westwind blies ihr in den Rücken und formte den Körper zur Größe einer versonnenen Frage aus. Wir alle kennen sie, wie sie heranschwebt auf einer geriffelten Jakobsmuschel, eben geboren und doch schon in voller, ausgewachsener Gestalt. Eine Frau mit wehendem Haar. Weniger bekannt ist, dass sie später tennisspielend hinter Hecken umherlief. Ein Foto zeigt sie mit weißer Bluse und einem Lächeln, das dem Mann im Hintergrund des Bildes gilt. Sie hatte sich einen bürgerlichen Namen zugelegt, fuhr jeden Tag mit dem Fahrrad über den äußeren Elbedeich zum Hafen und brachte im Laufe der Jahre drei Söhne zur Welt. Der jüngste von ihnen bin ich.

Als sie vierundneunzig war, sagte sie am Telefon: Ich bin ja nun auch kein Goldfisch mehr.

Ich versuchte ihr zu erklären, dass ich aus dem Süden Italiens anrufe und dass heute – es war Anfang Mai – ein besonderer Tag für sie sei, es sei Muttertag.

Hab ich Geburtstag, fragte sie.

Ehe ich wusste, was ich antworten sollte, setzte sie hinzu: Ich schaue gerade aufs Thermometer, es ist zehn Uhr. Sag noch mal, wie heißt deine Mutter, wie heißt dein Muttertag?

Irgendwann, wie wir durch die Worte drifteten, kam der Satz: Ich bin mir nicht klar, ob ich noch viel Sinn hab.

Und dann, als wir uns verabschiedeten, sagte sie mit einer warmen, langsamen Stimme zu mir, dem jüngsten Sohn: Ich weiß, du bist eine tapfere Frau.

Es war Glücksache in dieser Zeit, ob sie mich am Telefon erkannte. Oft musste ich darauf hoffen, dass meine Stimme ihr gleich von Anfang an die richtige Richtung gab oder dass mein Name, wenn ich ihn so klar und klangvoll wie möglich aussprach, zumindest nach der zweiten oder dritten Wiederholung ein Bild von mir wachrief. Wenn das nicht klappte, irrte sie durch einen Nebel von Vermutungen und versuchte es zu verbergen, indem sie mit freundlichen, formelhaften Satzfragmenten ihre Köder in den Raum auswarf und darauf wartete, ob sich ein Hinweis oder Leuchtzeichen für sie ergab – es sei denn, sie entschied sich von sich aus für eine angenommene Person, die sie von nun an zu ihrem Gesprächspartner erklärte. Viel Auswahl hatte sie sowieso nicht. Meist waren es wir drei Brüder, die sie regelmäßig anriefen, und wenn es jemand anders war, wurde er kurzerhand in diese Reihe eingegliedert, es hing mehr von der Tageszeit ab und hatte ansonsten etwas von einem Lotteriespiel an sich, ob sie den Richtigen traf oder nicht.

Geschah es aber, dass sie mich plötzlich aus dem Rauschen der Leitung heraus erkannte, an irgendeinem Klangbogen oder einem echohaft zu ihr hinüberdringenden vertrauten Wort, ging ein Strom der Freude durch ihre Stimme, und sie fand andere Worte in ihrem Kopf, die sie hervorbrachte, um die Freude auszudehnen und zu einer wie immer wackligen Brücke zwischen uns zu machen. Mein Sohn, sagte sie, mein Jochen, ich weiß, dass du nicht Jochen bist.

Allmählich wurde es schwer, in diesem Lotteriespiel zu gewinnen. Am Telefon, zumal wenn ich aus der Ferne anrief und die Stimme verzerrt, manchmal sogar verdoppelt durch den Apparat kam, wurde ich mehr und mehr zu einer abstrakten Gestalt. Sie konnte sich nicht vorstellen, wo genau und wie weit entfernt ich mich in der Welt aufhielt. Zwar gab es noch ein Außen für sie, das jenseits der Wände ihres Zimmers lag, hinter dem Fenster, vielleicht sogar hinter den Bäumen, die dort am Bahndamm aufragten, aber die Momente, wo sie sich in die Ferne imaginieren konnte, zu Personen, die anderswo lebten, außerhalb ihrer nächtlichen Träume und Erinnerungen, wurden immer seltener. Irgendwann hob sie nur noch den Hörer ab und sagte einfach ohne Namensnennung: Kommst du? Ihr Leben, das über Jahre einer Landkarte von Wegen, Kontaktpunkten und rituellen Zusammenkünften gefolgt war, war auf die zwanzig Quadratmeter ihres Zimmers zusammengeschrumpft, und man konnte sie nur noch erreichen, wenn man sich auf den Weg machte und sie besuchte.

Ich fuhr jetzt regelmäßig mit dem Zug nach Hamburg, um ein paar Tage bei ihr zu sein. Den Rest der Zeit – es war der weitaus größere Teil – übernahmen meine Brüder und ihre Frauen, die in der Nähe von ihr wohnten. Jedes Mal, wenn ich am Hauptbahnhof ankam und mit der S-Bahn die elf Stationen hinaus nach Rissen fuhr, um von dort über die Steintreppe und den Böschungsweg zum Eingang des Altersheims zu gelangen, in dem sie ganz am Ende des Gangs im zweiten Stock lebte, gab es da einen Moment, wo ich mich mit Kraft aufladen musste, um die letzte Strecke zu ihr durchzustehen. Ein langer Flur lag vor mir, mit einem roten Teppich, der in die Tiefe führte. Wie oft bin ich ihn gegangen. Und wie sehr musste ich Mut fassen, um einigermaßen lebendig durch ihn hindurch zu kommen. Vielleicht gestand ich mir diesen innerlichen Kraftaufwand gar nicht ein, ich hatte den Garten durchquert, war durch die automatisch aufsurrende Tür getreten und hatte einen ziemlich schnellen Schritt drauf. Aber spätestens wenn ich auf die Empfangsdame am Anfang des Ganges zuging, die mit einem immer gleichen, festgefrorenen Lächeln hinter dem Tresen saß, war es unausweichlich, dass ich tief Luft holte und mich von innen her bis in die Schultern und bis in die Fingerspitzen panzerte, ich legte mir einen Panzer aus Lebendigkeit zu und rauschte an der Frau vorbei, die mich grüßte, als würde sie mich kennen oder auch nicht, um sofort weiter in den Mitteltrakt des Ganges vorzudringen, aus dem mir ein gleichsam säuselnder Geruch von Pfirsich-Öl entgegenkam, ein Geruch, der wie eine Raumbeschallung um mich rieselte und die Zeichen des Todes verdecken oder vertreiben sollte.

Ebenso waren die Bilder an den Seiten, blühende Bilder, rot glühende Klatschmohnfelder an den Ufern der Seine, Klimts Kuss ganz in Gold. Jeder Schritt war ein Durchbrechen einer imaginären Hemmschwelle, die voller Lächeln und Verschweigen war. Und gleichzeitig ging mir der Gedanke durch den Kopf, dass dies so sein musste, dass es nur zum Besten für die Menschen war, die sich an ihre Jugend und ihre helleren Tage erinnern sollten.

Ein Mann kam mir mit seinem Gehwagen entgegen. Die Räder waren auf dem Teppichboden zu hören. Er hatte den Kopf leicht zur Seite geneigt und sah mich befremdet an, wie ich viel zu schnell an ihm vorbeiging, als wolle ich hier die Zeit aufwirbeln. Links, in einer kleinen Halle, die sich im Vorübergehen öffnete, saßen ein paar weißhaarige Frauen um einen Tisch, zwei von ihnen spielten Karten, die anderen blickten ins Leere vor sich hin, jede in eine andere Richtung, sie bekamen den Kopf gar nicht rechtzeitig zu mir herüber, obwohl sie sich nach einer Neuigkeit, irgendetwas Unbekanntem zu sehnen schienen. Nicht so genau hinsehen, dachte ich. Oder wenn, nicht zu lang, damit es dir nicht in die Knochen steigt. Mein Schritt war jetzt fast hüpfend, als müsse ich mit meinem Körper jeden Angriff im Vorfeld abwehren und überspringen. Wie ich endlich die Treppe am Ende des Gangs erreichte, lief ich sie zwei Stufen auf einmal nehmend hinauf. Oben musste ich dann nur noch nach links abbiegen und noch einmal nach links, dann stand ich vor dem Zimmer meiner Mutter und schob vorsichtig die Tür auf.

Der Vorraum mit der roten Jacke, am Kleiderständer.

Ein Schal daneben, in hellen Karos.

Wie ich hineingehe, sitzt sie am Schreibtisch und starrt abwesend auf die Tischplatte. Ich rufe ihr eine überschwängliche Begrüßung zu, aber sie reagiert nicht darauf. Erst als ich unmittelbar vor ihr stehe, reißt sie die Arme auseinander und stößt einen wackligen Schrei aus, der gleich darauf in Freude übergeht.

Ich nehme einen Stuhl und setze mich neben sie.

Sie hat sich extra frisieren lassen. Ihr Gesicht ist streng und schön. Die Augen leicht blitzend.

Ich war ja etwas verwühlt im Kopf, sagt sie. Muss ich dir nicht predigen. Jetzt aber weniger. Auch wenn ich ein bisschen Falsches mache. Ich habe so gewartet auf dich.

Sie hat noch immer eine braungebrannte Haut, auch an den Händen, obwohl sie seit langem nicht mehr in die Sonne geht. Sie sagt: Manchmal muss ich ein Wort suchen. Kennst du das?

Zwei Rosen stehen im Fenster.

Erzähl mir etwas von deiner Familie, sagt sie. Lebt deine Mutter eigentlich noch?

Meine Mutter. Ja, sage ich, sie sitzt hier vor mir, und jetzt bin ich endlich mal wieder bei ihr.

Beide lachen wir miteinander.

Ihre Stimme ist langsam, manchmal zögernd, wenn sie nach einer versunkenen Redewendung sucht, aber es ist immer noch ganz ihre Stimme. Bis in den Tonfall und den Versuch, witzig zu sein.

Die Schwestern sind nett zu mir, sagt sie. Weil ich ja unten nicht mehr gut bin. Ich tröste mich damit, dass meine Eltern im Haus wohnen.

Wo, frage ich.

Nebenan, sagt sie.

Offenbar glaubt sie, ihre Eltern lebten hier im Altersheim, oder das Haus ihrer Kindheit sei ins Altersheim eingeflogen, es habe sich gleich hinter der Wand im Nebenzimmer angesiedelt.

Sie schaut mich mit einem langen Blick an.

Meinst du, dass ich noch einmal besser werde, fragt sie.

Als ich ihre Hand ergreife und etwas wie Ja oder Klar oder Natürlich antworte, irrt ihr Blick über den Tisch und bleibt auf dem Foto meines Vaters hängen, mit dem sie über vierzig Jahre verheiratet war. Der sieht aus wie einer von uns, sagt sie. Er könnte unser Kind sein, schön, nicht? Hast du den eigentlich gekannt?

Es ist mein Vater, sage ich, es ist dein Mann, dein Ehemann. (Verrücktes Wort, denke ich noch im Reden, Ehemann, meine Stimme kommt mir selber plötzlich fremd vor.)

Mein Ehemann, wiederholt sie, fast wie in der Schulstunde, als solle ich ihr das Wissen der Welt ins Zimmer bringen und noch einmal Sprachunterricht geben. Ist der wirklich gestorben?

Vor zwanzig Jahren, sage ich.

Hab ich den auch gekannt, fragt sie.

Ich lächle und sage zu ihr: Er war einmal deine große Liebe. Erinnerst du dich nicht? Meine ganze Kindheit hindurch hast du mir klargemacht, wie sehr du ihn geliebt hast. Vielleicht hast du ihn aus dem Kopf verloren, er ist dir irgendwie abhandengekommen.

Sie ergreift mein Knie.

Manches sehe ich nicht mehr so plastisch, sagt sie.

Nächster Tag.

Schon als ich eintrete, empfängt sie mich mit dem Satz: Siehst du heute Abend deinen Vater?

Wen meinst du, frage ich.

Weiß auch nicht, sagt sie und schaut auf ihre Hände.

Meinst du den, frage ich und zeige auf das Foto an der Wand.

Ja, sagt sie – fast erleichtert, dass es eine Erklärung gibt.

Alle die Dunkelstellen und Lücken in ihrem Kopf. Oft kommen die Sätze schief heraus, oder ihr fallen gerade die wichtigsten Worte nicht mehr ein. Sie nimmt stattdessen die Worte daneben, darüber oder darunter: Für Bruder sagt sie Vater, für Uhr sagt sie Telefon oder Thermometer, für Sagen Predigen, für Treppe Brücke. Schließlich nimmt sie ihren Kamm, den sie wie ein Heiligtum den halben Tag lang in der Hand hält, und versucht sich damit die Schuhe anzuziehen.

Später sitzt sie neben mir und sagt: Es ist komisch. Früher hatte ich einen Sinn. Er war einfach immer da. Und jetzt ist er weg. Kannst du mir das erklären? Jetzt, wo ich immer weiter und immer näher bin (ich merke, wie sie das Wort Tod vermeidet), jetzt ist der

Sinn verschwunden.

Sie nickt, und einen Moment durchfährt es mich, wie klar sie spricht.

Früher wusste ich, wo ich hingehe. Jetzt nicht mehr. Es ist kein Weg mehr da. Kannst du mir sagen, wo ich hingehe?

In diesem Moment bringt die Schwester das Abendessen herein. Langsam essen, sagt sie. Nicht zu hastig. Gut Zeit lassen.

Draußen wird es schon dunkel. Noch ein paar helle Wolken ziehen vorbei.

Ein Gespräch nah am Tod entlang. Sie weiß nicht so recht, was das ist. Schon gar nicht, wann er kommen wird.

Irgendwann hält sie inne und sagt: Und wenn ich dann die Augen schließe, musst du mir das sagen.

Sie macht eine lange Pause.

Tust du das?

Ja, sage ich.

Wie schnell verschwindet die Sprache? Wie langsam? Geht jeden Tag, jede Woche eine Verbindung im Kopf ins Dunkel über und versinkt ins Vergessen?

Oder tauchen sie manchmal wieder auf, die Verbindungen, und schaffen eine plötzliche Helligkeit im Kopf? Wiederkehr von Worten, von Sätzen, die den Raum und die Zeit aufreißen, so dass sie geradezu gegenständlich vor Augen stehen?

Oft passierte es mir in diesen Tagen, wenn ich morgens in ihr Zimmer trat und sie auf dem Bett liegend einzelne, fragmentarische Gedanken oder Worte von sich gab, dass ich wie ein Jongleur die Bruchstücke der Worte aus der Luft auffangen musste und gleichzeitig – vor und zurück springend – gezwungen war, sie in einen Zusammenhang zu bringen, damit sich eine halbwegs verständliche, zumindest mögliche Logik daraus ergab. Denn es war ganz unzweifelhaft, dass sie mir mit ihren Worten etwas sagen wollte. Und eigentlich war ich es, der in diesem Hinhören und Umsortieren die Sprache neu erlernte. Jedes einzelne, über ihre Lippen kommende Wort konnte eine neue, ungeahnte Richtung annehmen und sich auf etwas beziehen, auf das es sich bisher nie bezogen hatte. Die Sprachnot, die Wortnot meiner Mutter machte sie zu einer Erfinderin, die sich zu wilden, poetischen Fügungen durchrang, wie sie sie in ihrem Leben stets gemieden hatte.

Einmal, halb an mich gelehnt, sagte sie: Mit dem lieben Gott bin ja auch nicht mehr so. Da muss man hoch springen. Kannst du das?

Und dann, etwas später, als ich ihr die Jacke überzog: Ich habe etwas Neues bekommen, hier, so einen neuen Apparat.

Sie zeigte auf den Boden vor sich.

Diese Pferde. Diese Hunde.

Du meinst, diese Schuhe, sagte ich.

Ja, sagte sie. Die alten passten nicht mehr richtig. Kannst du sie einspannen?

Und ich schob die zwei hellgrauen Sandalen, die zugleich Pferde und Hunde waren, über ihre Füße, damit sie beim Aufstehen etwas Halt fand, wobei ich allerdings meine ganze Körperkraft dazu brauchte, um sie unter den Armen hochzuheben. Das Gespann der Sandalen half ihr beim Übergang in ihre Wunderkutsche, ihr Gefährt, ihren Rollstuhl, mit dem wir, wenn das Wetter gut war, nach draußen in den Garten fuhren.

Manchmal auch, wenn sie dann merkte, dass ich ihren Sätzen tatsächlich folgen konnte und eine Verbindung da war, geschah es, dass sie plötzlich in die Vergangenheit hinabtauchte und von weit zurückliegenden Dingen sprach, die ich noch nie in solcher Konstellation und Deutlichkeit gehört hatte. Als sei eine stillgelegte Ader im Kopf ins Strömen gekommen. Oder als sei eine Fülle von Synapsen in ihr erneut aufgebrochen, wenn auch nur für kurze Momente, eine Stunde, maximal einen Vormittag. Dann schlossen sie sich wieder, und die Strukturen der Welt, wie wir sie zu denken und zu sehen gewohnt sind, die Anordnung der Zeit, die Aufeinanderfolge von Generationen, vom Großvater zu den Eltern bis zu den Kindern, verloren sich im Dunkeln und spielten keine Rolle mehr.

Dass ich ihr Kind war, dass sie mich vor Jahren aus ihrem Körper heraus geboren hatte, ja dass es überhaupt etwas wie Geburt und ein Nacheinander der Zeit gab, war ihr weitgehend entglitten. Wenn ich sie darauf ansprach, verstand sie nicht, was ich meinte. Sie hatte keine Erinnerung an ihren jüngeren Körper mehr. Schon gar nicht daran, dass sie schwanger gewesen war und dass sie mich an einem kalten Maisonntag, wie sie es mir oft erzählt hatte, mit einer beträchtlichen Verspätung zur Welt gebracht hatte (sie war schon am Morgen im Krankenhaus erschienen, nachdem die Wehen eingesetzt hatten, aber man hatte ihr erklärt, es seien noch ein paar Stunden Zeit, worauf sie einen windigen, langen Spaziergang an der Hamburger Außenalster entlang gemacht hatte), das waren Märchen aus einer anderen Welt.

Nur an ihre Kindheit, ihre Eltern in Stade, wo die Weinfässer aus Portugal in der Schwinge, einem kleinen Seitenfluss der Elbe, ankamen und durch die Gassen der Altstadt zur väterlichen Weinhandlung heraufgebracht wurden, wo sie nun im Keller lagen und ihren Duft im ganzen Haus verbreiteten, konnte sie sich zeitweilig noch zurückerinnern. Allerdings stand das Haus nicht jenseits der Elbe, sondern hatte sich in einem nächtlichen Flug über den Fluss hinweg mit dem Altersheim verbunden, die Mauern schoben sich für sie ganz mühelos ineinander. Zwischendurch, wenn sie mir wieder mal andeutete, dass sie hier bei ihren Eltern wohnte, als könne sie jederzeit die Tür öffnen und zu ihnen, die schon vor Jahrzehnten gestorben waren, hinübergehen, dachte ich: Sie hat alles Nacheinander aus ihrem Kopf verloren, es gibt nur noch ein Nebeneinander, dämmrige Gleichzeitigkeit von Gestern, Heute und Morgen, und sie muss Kapriolen von Sätzen erfinden, um damit durch den Tag zu kommen.

Das Verschwinden der Sprache, das ja auch ein Verschwinden der Zeit aus der Sprache war, forderte sie zu extremen Experimenten mit dem noch vorhandenen Fundus auf. Oft hatte es etwas von einem blinden Bogenschießen an sich. Nie wusste sie, wo es hintraf und ob es da überhaupt etwas gab, wohin sie treffen konnte. Sie schoss ihre verbliebenen Wortpfeile ab und wartete, ob irgendeine Art Widerhall zu hören war.

Kann sein: Das Gehirn, dort, im Kopf, wo wir es nicht sehen können, lässt nach, es baut sich ab, genauso wie es sich bei uns aufgebaut hat, am Anfang unseres Lebens, um uns in ein Trugbild von Klarheit hineinzuführen.

Was wir Leben nennen, ist eine entfaltete Fiktion auf Zeit.

Einmal kam ich bei Regen direkt vom Bahnhof bei ihr an. Ich zog den Rollkoffer hinter mir her und nahm diesmal, als ich die Tiefe des Flurs durchschritten hatte, den Fahrstuhl in den zweiten Stock, wo sie ihr Zimmer hatte. Als ich eintrat, merkte ich als Erstes, dass meine Füße am Boden klebten. Einzelne weiße Streifen liefen dort quer, offenbar waren sie dazu da, den Teppich auf dem Linoleum festzuhalten. Aber es war kein Teppich mehr da.

Wird hier renoviert, dachte ich und wehrte noch alle anderen Gedanken ab.

Nur, wie ich um die Ecke bog, vorbei an der Badezimmertür und den Kleiderhaken in ihr Wohnzimmer, war auch dieses leergeräumt. Kein einziges Möbelstück mehr zu sehen. Kein Sekretär, kein Tisch, nicht einmal die Fotos an den Wänden.

Jetzt, unweigerlich, schwappte die Angst in mir hoch, dass ich auch kein Bett mehr finden würde. Das heißt, doch, ein Bett stand noch da, allerdings schräg in den Raum gezogen, dort in ihrer Schlafnische, und kein Bezug mehr darauf. Das blanke weiße Gestell. Die Schuhe unter mir quietschten, und mir schoss durch den Kopf, dass sie womöglich heute Nacht gestorben war. Im Altersheim ging alles so schnell. Sie war fortgeschafft worden, und das Zimmer wurde schon für den Nächsten präpariert.

Wo war ich denn hier?

So wippend meine Schritte bis zu ihrer Tür gewesen waren, so hektisch riss ich jetzt den Trolley aus dem Zimmer, durch den Gang, zum Fahrstuhl zurück, um zu sehen, in welchem Stockwerk ich mich befand.

Und wirklich, es war nicht der zweite, sondern der erste Stock. Die Bilder an den Flurwänden glichen sich zum Verwechseln. Keitum auf Sylt, ein weißes Haus mit Reetdach. Im Hintergrund sah man das Wattenmeer mit seinen Prielen. Daneben eine Parklandschaft hoch über der Elbe. Einen Moment fragte ich mich, ob die Unterscheidung von Tod und Leben nur eine Frage des Stockwerks war. Wie ich dann einen Stock höher fuhr und sie, um die Ecke tretend, gebückt auf der Bettkante sitzen sah, mit roter Stickjacke und grauer Flanellhose an den Beinen, hatte sich das Schreckbild in den immergleichen Anblick verwandelt.

Erkennst du mich noch, sagte sie.

Später, als mir klar wurde, dass sie für mich zum Friseur gegangen war (oder vielmehr, sich durch die Gänge zum Friseur im Keller hatte bringen lassen) und sich nachher in einer zeremoniellen Vorbereitung meiner Ankunft ihren Brillantring angelegt hatte, schaute sie zu mir auf und fragte, wem sie diesen Ring verschenken sollte.

Niemandem, sagte ich, du behältst ihn.

Dann bleib ich also am Finger, sagte sie.

Ihr Ring sprach jetzt in der Ich-Form, und die Hand war ein Stück ferner.

Dass all das, der Körper, die Füße, die beiden Oberschenkel mit ihren immer neuen Fusseln auf der Hose, die sie geduldig über Stunden mit der Nagelfeile beiseiteschob, ein einziges Ich sein sollte oder zu einer unteilbaren Person gehörte, war nur noch zwischendurch und aus einer nachlaufenden Gewohnheit so. Viel öfter sprach sie von sich wie von einer anderen, oder sie sprach in der Wir-Form, was zugleich den ehrwürdigen Altgoldglanz des Plural majestatis hatte.

Wir haben schon tagelang nach dir gefragt. Wir haben lange auf dich gewartet.

Das Wir machte zeitweilig einen Hofstaat aus ihr, und man wusste nicht, ob sie ihre Umgebung, die Schwestern, die Pfleger, die von Zeit zu Zeit in ihr

Zimmer traten und mit aufmunternden Sätzen und beiläufigen Handgriffen ihren Tageslauf bestimmten, mit einbezog oder ob sie sich als nebulose Instanz darübersetzte. Wenn sie einmal beim Wir war, war es schwer, sich daraus wieder zu lösen.

Wir würden euch gern begrüßen. Wir sollen ja viele Kinder gehabt haben. Gar nicht einfach, so viele Kinder.

Sie schien nachzudenken, und ich rätselte darüber, wie der Satz genau zu deuten war. Hatte sie eine Vorstellung von sich und ihren Kindern? Oder sprach sie die Worte nur so daher? Manchmal lockte sie mich in ein ebenso dunkles Labyrinth, wie sie es in ihrem Kopf trug.

Dann: Woher kommst du? Vom Krankenhaus?

Sie merkte, dass das Wort Krankenhaus irgendwie nicht ganz richtig war. Oder sie hatte jetzt mich mit sich verwechselt – denn vor ein paar Tagen war sie ins Krankenhaus gebracht worden, nachdem sie nachts aus dem Bett gefallen war und sich an der Schulter einen Bluterguss zugezogen hatte. Gottseidank war nichts Schlimmeres passiert. Ihre Haut war blauschwarz, dann grün geworden. Aber sie konnte es selber nicht sehen.

Wie hast du geschlafen heute Nacht, fragte ich.

Keine Reaktion. Kein Nicken, kein Klagen.

Sie blickte mich an und fragte zurück: Wie du geschlafen hast?

Plötzlich schwante mir, dass das Reden schwierig wird, wenn Ich und Du nicht mehr funktionieren. Sie schaffte in bestimmten Augenblicken den Sprung nicht mehr, ein auf sie gemünztes Du tatsächlich auf sich selber zu beziehen und in ein Ich zu verwandeln. Stattdessen repetierte sie einfach mein Du, als hätte es nichts mit ihr zu tun und sei eine Sache, ein beliebiger Stuhl oder eine Nachttischlampe.

Das Schwinden der Worte, der Namen, der Gesichter. Neulich, als einer ihrer enorm großen Enkel sie besuchte, hat sie auf die Notklingel gedrückt und ihn rausschmeißen lassen. Sie kannte ihn nicht mehr.

Im Fortgehen, Luft holend, setzte ich mich auf einen Stuhl am Rand des Ganges hin und schrieb auf einen Zettel: All diese Familienbegriffe, die ihr ein Leben lang das Wichtigste und Heiligste gewesen sind, vertauschen sich in ihrem Kopf wie Plus und Minus. Töchter werden zu Müttern, Väter sind keine Väter mehr, Enkel sinken ins Dunkel, und die restlichen Namen rollen auf dem Teller wie Glasmurmeln.

Irgendjemand hatte ihr einen Blumentopf geschenkt, in dem ein kleeartiges Gewächs stand, ohne Blüten, aber kräftig. Ich entdeckte es auf der Fensterbank, vor einer regennassen Scheibe – dahinter die kahlen Birken und der Winterhimmel, der den ganzen Tag nicht richtig hell wurde. Und wie ich so hinsah, meine Mutter neben mir, mit langsamen Augen, sagte sie: Kannst du nicht mal den Mann wegnehmen.
Jetzt erkannte ich auch, dass zwischen dem Blattgrün eine kleine Schornsteinfegerfigur steckte. Schwarzer Zylinder auf einem Kopf wie eine Haselnuss, darunter der Körper aus Kunststofffell und, als Andeutung der Beine, ein Draht, der wie ein Blitzableiter in die Erde ging.
Magst du ihn nicht, fragte ich.
Nein, sagte sie.
Und als ich ihn aus den Blumen nahm, durch den Raum trug und in den Papierkorb warf (sofort und unabweislich mit dem Gedanken, ob es nicht Un-

glück bringe, einen Glücksbringer wegzuschmeißen, ich grüßte ihn also vorsichtshalber noch einmal im Fallen und prüfte, ob er am Boden des Bastkorbs einigermaßen gut gelandet war), wiederholte sie mit heftiger Stimme: Ich mag diesen Mann nicht.

Sie blickte auf den Blumentopf.

Ich habe ihn weggetan, sagte ich.

Der springt da immer so rum, sagte sie, immer so wild, gehört sich nicht. Kannst du ihn wegtun?

Ich habe es getan, sagte ich.

Unschöner Mann, keine Scham. Manchmal ist er ganz groß.

Es konnte kein Zweifel sein, dass er sich dort immer noch zwischen den Blättern für sie bewegte. Er war ihr schwarzer Mann, ihr Feind im Zimmer, wenn es nicht überall solche Feinde gab, vielleicht auch ein Todesbringer – statt Glücksbringer, wie es sich gehört hatte. Ein Springteufel als Fratze. Er war genau das wirre Ding, das ihre zusammengesunkene Welt auseinanderriss. Ein leibhaftiger Dämon, der sich blitzartig ausbreiten und sie zum Verschwinden bringen könnte.

Am Nachmittag schlief sie, als ich zu ihr kam. Sie hatte sich auf die rechte Seite in Richtung Wand gedreht, man sah nur das weiße, leicht angeplättete Haar. Einen Moment blieb ich stehen, um zu prüfen, ob sie atmete. Aber nein, sie atmete. Die blaue Decke ging gleichmäßig auf und nieder.

Ich beugte mich über sie und strich ihr behutsam mit der Hand über die Backe.

Danke, rief sie.

Dabei krümmte sie sich noch mehr zur Wand und schlief weiter.

Ich rief ihr meinen Namen ins Ohr, in der Hoffnung, dass sie darüber die Augen aufschlug.

Nach einer kurzen Pause antwortete sie: Haben Sie ihn gekannt?

Minuten später, als es mir gelungen war, sie einigermaßen in die Sitzhaltung hochzubringen (aber ich wusste immer noch nicht, ob sie in meinen Armen langsam davondriftete, ob sie nicht dabei war zu sterben und womöglich demnächst mit dem Kopf auf meine Schulter kippte), sagte sie: Im Schrank ist ein Buch. Ist dir vielleicht zu göttlich.

Soll ich dir daraus vorlesen, fragte ich.

Musst du nicht, sagte sie. Jetzt fahren wir in den Garten.

Je nach Tagesform, Stundenform, je wie das Blut durch ihre Adern floss. Es gab Wellen des Abtauchens und Auftauchens von Wörtern und Gedanken, die darüber entschieden, wie nah oder fern sie war. Die Wachheit – oder das, was wir Bewusstsein nennen – hatte Stufen, die von einem Moment zum anderen wechseln konnten. Nur wusste man nie, auf welcher Stufe sie war. Man konnte sich gewaltig täuschen. Die Gespräche mit ihr hatten etwas von einer Irrfahrt durch das Meer der Sprache, in dem manchmal Planken vorübertrieben, die aber im Ergreifen ihre Bedeutung verloren oder sich, kaum dass man sich an ihnen festhielt, als etwas ganz anderes herausstellten. Hatte man sie eben noch für banal gehalten, bekamen sie einen hintergründigen Sinn. Oder sie drückten etwas Abgesunkenes aus, etwas Vergessenes, das jetzt mit einem lückenhaften Satz beschworen wurde. So sicher, wie man sich einer bestimmten Einzelheit sein mochte, entglitt sie einem aus den Händen – und dann wieder fühlte man sich, mitten im Irren, auf einer vertrauten Spur.

Deine Eltern sind wohl schon lange tot, erklärte sie, als ich sie in den Rollstuhl gehoben hatte.

Es war unser altes Spiel.

Na, eine Mutter habe ich ja noch, sagte ich und sah sie an.

Wirklich, fragte sie.

Ja, wirklich, sagte ich.

Aber es war sehr unwahrscheinlich, ob das irgendeinen Sinn für sie ergab.

Stattdessen sank sie unversehens in die Zahl Drei hinein.

Drei, sagte sie plötzlich. Drei, drei, drei. Sie zeigte auf die roten Tulpen im Fenster. Ihre Hände kamen ins Fuchteln. Anders gelb, es sind drei, sagte sie, und sie schaute mich an. Sind es drei?

Nein, es sind mehr, sagte ich.

Und während ich noch darüber nachsann, ob sie jetzt vielleicht auch die Namen der Farben verloren hatte (anders gelb konnte heißen, dass es sich um etwas anderes als Gelb handelte, wenn es nicht doch so war, dass sie verschiedene Gelbtöne im Rot der Blüten erkannte), begann sie von Neuem, sie durchzuzählen: Eins. Ihre Stimme war schleppend, voller Zögern. Zwei. Sie beugte sich im Rollstuhl vor. Drei.

Mehrmals nacheinander tat sie es so, und irgendwann wurde ich den Eindruck nicht mehr los, dass sie das Wort Vier nicht mehr im Kopf fand. Sie wollte es von mir erfahren, wollte herausbekommen (ohne es mir allerdings klar zu sagen), wie man über die magische Zahl Drei hinauskommt.

Also zählte ich die Tulpen durch, jedes Wort laut und einzeln in ihre Richtung sprechend, von Eins bis Neun.

Es sind neun Tulpen, sagte ich. Und blödsinnigerweise fügte ich hinzu: Drei mal drei.

Damit hatte ich wieder ihre Drei-Obsession hervorgerufen.

Drei, sagte sie, es sind drei. Die Vorstellung von Drei schien wie eine schmerzhafte Figur vor ihr im Raum zu liegen. Es kam mir so vor, als sei die Zahl Drei für sie, fast wie ein Albtraum oder ein Weltschicksal, die unentrinnbare Form der Gegenstände selber. Jedes Detail in ihrer Umgebung war von ihr gezeichnet, nicht nur die Tulpen, auch die Kerze daneben und der Teller, die zusammen drei ergaben und im Fenster standen. Ein Dämon, der diese Gegenstände erfasst hatte und sie zusammenhielt, zerrte an den Sinnen. Nirgends ergaben sich in diesem Augenblick mehr zufällige oder irgendwie lose verstreute Einzelheiten im Raum, überall Ausformungen einer quälenden Zahl, über die hinauszudenken unmöglich war.

Eine Stunde später saß ich mit ihr draußen am Bahndamm. Ich auf einer grünen Bank und sie links neben mir in ihrer Wunderkutsche. Ein paar Pfützen gab es vor uns, wo der grauschwarze Weg nach Westen führte, elbabwärts in Richtung Cuxhaven, wo die Nordsee begann. In einer der Pfützen lag ein Blatt, das vom Baum heruntergeweht war. In der schrägen Nachmittagssonne stach es heraus, nicht glühend, sondern finster.

Da gehen wir nicht hin, sagte sie.

Und gleich darauf: Was ist das?

Ich merkte, dass sie zunehmend eine Angst vor diesem Blatt ergriff. Je länger sie hinsah, desto mehr strahlte es etwas Unheimliches für sie aus, ganz ähnlich dem kleinen Springteufel, der in den Blumen gesteckt hatte. Sie sah Schatten und Schattengebilde in ihm, wie ein Kind, das durch den Wald geht.

Wie wir noch dasaßen, sagte sie mit starker Stimme, beinahe rufend: Wer gibt Antwort?

Sie lauschte nach rechts, wo niemand war, und ich beruhigte sie mit dem Satz: Ich bins, ich sitze hier und rede mit dir.

Etwas schien sie zu irritieren.

Nach einer Minute sagte sie: Da sind zwei.

Nein, sagte ich, hier bin nur ich.

Es sind zwei, sagte sie, da ist noch ein Zweiter.

Unsinn, sagte ich, vielleicht hörst du meine Stimme in deinem Ohr etwas komisch.

Nicht weiter hingehen.

Sie sah das Blatt an, während ein Vogel hinter uns im Busch anschlug. War es der Vogel, den sie für den Zweiten hielt? Ich fügte schnell hinzu: Da singt ein Vogel in den Zweigen.

Wer redet da, fragte sie. Da ist noch jemand. Können wir weggehen?

Ehe ich ihre Dämonen beruhigen konnte, das dunkle Blatt, das auf dem Weg lag und sie ängstigte, und die fremde Stimme, die ihr zusetzte und sich mehr und mehr panisch mit dem Blatt verband, drehten wir um und gingen in Richtung Garten zurück, wo uns zwei Frauen mit einem Kinderwagen entgegenkamen, beide in Gespräche vertieft, ohne weiter auf uns Acht zu geben. Als wir aneinander vorbeikamen, streiften sich kurz unsere Blicke, aber die Frauen hüteten sich, uns zu grüßen, geschweige denn darüber nachzudenken, was das für eine seltsame Begegnung war, Rollstuhl und Kinderwagen, Ende und Anfang des Lebens, einander so ähnlich und spiegelbildlich verkehrt.

Oben, im Zimmer zurück, war die Drei-Obsession immer noch nicht weg.

Kaum im Bett, sprang ihr die Zahl aus den Nischen und Wänden entgegen, es gab kein Entrinnen.

Neunmal drei, sagte sie. Neunmal bin ich beklaut worden. Ich mag das nicht, wenn man Sachen einfach herausnimmt und weggeht.

Wer hat dich beklaut, fragte ich.

Sie sah mich mit großen stechenden Augen an: Da ist eine, die hat eine rote Stelle auf der Stirn. Die hat sie sich selber hier in den Kopf geschlagen.

Sie machte eine heftige Handbewegung.

Ja, ich habe selber eine Frau. Nicht nur du. Sie hat das selber gemacht, sagt man.

Wer ist diese Frau? Ist es eine der Schwestern, fragte ich.

Nein, sagte meine Mutter, das bin ich selber.

Und während ich die Spuren eines Kratzers auf ihrer rechten Schläfe sah, einen rötlichen Strich, wie von einem Lippenstift gezogen, fuhr sie fort: Diese Frau hat sich eine große rote Stelle zugefügt. Man sagt, es sei sie selber gewesen. Merkwürdig, nicht?

Ja, sagte ich.

Einen Moment war es ganz still im Raum.

Ich hoffe, du wirst jetzt gut schlafen, versuchte ich sie abzulenken.

Ich griff nach meiner Jacke.

Sie merkte, dass ich mich zum Aufbrechen bereit machte. Ihre Augen ließen mich nicht los. Irgendetwas war noch ungesagt.

Ich gehe jetzt. Gute Nacht. Schlaf gut, wiederholte ich.

Sie dachte kurz nach und sagte dann: Das ist die Zeit, wo ich tot sein soll.

Ihre Stimme war ganz ruhig.

Man sagt, dass ich hier noch immer weiter lebe.

Und gleich darauf: Wann soll ich nun Schluss machen? Sag mal. Wann kommt das?

Es klang, als hätte sie den Tod verpasst und wüsste jetzt nicht mehr, wie man aufhören kann. Wann soll ich nun Schluss machen. Es klang auch, als müsse es eine freie Entscheidung sein – ein Sturz aus dem Fenster, eine Medizin, vielleicht ein Pille, die drüben im Schreibtisch unter ihren Briefen und Papieren lag und die sie nur hinunterschlucken musste (sie hatte mir oft von einer solchen Pille erzählt, aber ich glaubte es nicht, beziehungsweise ich wollte es nicht glauben und habe auch gar nicht in ihrem Schreibtisch danach gesucht), oder einfach die Fähigkeit, mit dem Atmen aufzuhören und selbständig zu sterben. Nur dass sie inzwischen den Punkt nicht mehr fand.

Das dauert schon viel zu lang, sagte sie.

Ich strich ihr über die Schulter und beschwichtigte: Keiner weiß, wann.

Das geht nicht, murmelte sie.

Mir fiel sofort auf, wie niederschmetternd meine Worte waren, sie wollte Antwort von mir, ein Wort, das eine endgültige Klärung herbeiführte.

Leicht gebückt saß sie neben mir. Eine Spur von Lächeln war in ihrem Gesicht.

Mein Sohn, sagt sie. Das kann ich doch zu dir sagen?

Plötzlich war dieses Wort aus der Tiefe ihres Schädels aufgetaucht, Sohn, und sie sprach es mit voller, lauter Stimme aus, ein rund klingendes Zauberwort, das ihr in den letzten Tagen völlig entfallen war und, selbst wenn sie es von jemand anderem ausgesprochen hörte, ihr nichts sagte. Irgendeine Strömung in ihrem Inneren hatte bewirkt, dass das Wort wieder zurückkam in ihre Gedankenkreise und so viel Licht – oder Lichtklang – um sich versammelte, dass sie es aussprechen konnte.

Ja, sagte ich. Und für einen Moment lachten wir beide.

Hatte sie vor zwei Stunden noch gesagt, meine Eltern seien wohl schon lange gestorben, gab sie mir zum Abschied die Botschaft mit: Sag den anderen, deine Mutter freut sich.

Nächster Tag.
Sie begrüßt mich mit dem Satz: Ich bin ja ein zerknittertes Mädchen.
Und später: Ich habe heute Nacht versucht, die Augen zuzumachen. Aber sie sind wieder aufgegangen.

Nachmittags, als ich ihr die Rose zeige, die ich ihr mitgebracht habe, sagt sie noch im Liegen, gegen die Wand sprechend: Schön.
Aber den rosa Seidenschal, den ich ihr vor kurzem zu ihrem sechsundneunzigsten Geburtstag geschenkt habe (sie zog die blaue Schleife auf, und ich musste sie mit aller Kraft im Rücken halten, damit sie nicht hinsank), wollte sie am liebsten gar nicht sehen. Schon als sie das golden gepunktete Einwickelpapier betrachtete, sagte sie: Nein, mag ich nicht. Zu hart.
Und dann, als sie den Schal befühlte: Will ich nicht. Zu weich.

Draußen scheint die Sonne.
Mir gelingt es, sie in den Rollstuhl zu heben.
Als wir durch den Gang des Altersheims kommen, sagt sie zu einem vorbeieilenden vierzigjährigen Mann in Nadelstreifanzug: Moin.
Und als er flüchtig zur Seite schaut, ruft sie ihm zu: Ein bisschen freundlicher!

Draußen der Garten ist voller Wunderkutschen, die geschoben werden. Es sind fast alles weißhaarige Frauen, die in den Rollstühlen sitzen, teils leicht zur Seite gekippt, aber auch ehemals resolute massige Körper, die nur jetzt die Kraft zum Gehen verloren haben und ihre Beine wie Fremdfortsätze auf den Tritten parken. Die Schiebenden sind zwischen achtzehn und sechzig Jahre alt, und sie beugen von Zeit zu Zeit ihre Köpfe zu den Geschobenen herunter.

Als wir bei den Enten vorbeikommen, deren Küken einen gelben Flaum haben und um die Wette aus dem morastigen Wasser trinken, sage ich: Lustig.

Bist du auch manchmal lustig, fragt meine Mutter.

Ich weiß nicht, was das heißen soll. Ist es eine Kritik? Ein Wunsch? Oder die Vorstellung, dass ich auch noch einmal so klein sein soll wie die Entenküken? Schließt sie all das in dem Wort lustig zusammen?

Ich grüße sie von meinem Bruder, bei dem ich übernachtet habe. Ein Auto hält neben uns auf dem Parkplatz. Sie zeigt auf den aussteigenden, sehr dicken Mann mit rundem geröteten Kopf und sagt: Ist er das?

Immer das Nächstliegende als Zeichengeber. Magisches Denken wie in der Frühkindheit, denke ich. Oder wie im Traum. Entweder: alles ist fremd, oder: alles ist miteinander verbunden. Entweder: alles geht sie nichts an, oder: alles ist für sie hergerichtet.

Zurück im Zimmer, liegt sie erschöpft auf dem Bett und will mich nicht mehr ansehen.

Ich will, dass du gehst, sagt sie.

Und gleich darauf: ich will nicht allein sein.

In diesem Zwischenzustand von Ermattung und Nicht-allein-sein-Können lebt sie.

Lemurenleben, denke ich.

So ähnlich haben die Griechen die Unterwelt dargestellt. Nicht Leben, nicht Tod. Irgendetwas dazwischen.

Ich bleibe neben ihr sitzen und warte.

Nach einer langen Pause sagt sie: Da war einer, der so ein nettes Gesicht von innen hat, der hat mir eine Blume gebracht, die will ich aber nicht mehr.

Vielleicht meint sie jetzt mich damit.

Der ist sehr stolz auf sich, fährt sie fort, aber sehr angenehm, das darf er auch.

Ihr Gesicht ist auf die Decke gerichtet, als gäbe es mich nicht im Raum.

Mir fällt der Moment wieder ein, als wir sie zum Altersheim gebracht haben. Wir waren unterwegs im Auto, fuhren die schmale Asphaltstraße von ihrem Haus in der Lüneburger Heide zum Dorf hinunter und von da weiter in die Stadt, sie saß auf dem Beifahrersitz, seit ein paar Monaten fuhr sie selber nicht mehr Auto, nachdem sie mehrere Unfälle mit äußerst glimpflichem Ausgang verursacht hatte. Ein Pulk von Pferden stand am Rand der Wiese. Der Himmel war grau und hing wie eine endlose Scheibe über uns, keine Menschenseele war unterwegs, nur weiter entfernt kam ein einsamer Mann die Straße herauf. Schwarze Kappe auf dem Kopf, schwarze Joppe. Er schob sein Fahrrad neben sich wie eine Begleitung, die ihn noch viel einsamer machte. Fahr mal langsam, sagte meine Mutter, vielleicht winke ich.

Das war ihr Abschied – ein bisschen auch wie ein Kapitän, der von Bord geht.

Einen Monat später, wie ich wiederkehre, ist ihre Frisur verweht, die Haare stehen in wilden Strähnen vom Kopf ab. Sie ist ein bisschen kleiner geworden, die Schultern schmaler, fast in die Brust eingesunken.

Mein Mädchen, sagt nun auch der Pfleger zu ihr. Er kommt mit dem Essen zur Tür hereingerauscht und stellt es vor ihr ab, rauscht wieder hinaus.

Da haben wir aber Glück, dass heute der jüngste Sohn da ist, sagt er im Abgehen.

Sie nickt mir zu. Als Beweis, dass es mich einigermaßen erkennbar im Raum gibt. Oder sie. Die Worte fallen ihr schwer. Sie sind ihr inzwischen ein Stück weiter hinter den Horizont gerutscht. Fort, ins Vergessen.

Die Rückentwicklung zum Kind, Schritt für Schritt weiter zum Säugling.

Ich füttere sie beim Abendessen. Erst nimmt sie den Löffel noch selber und balanciert ihn am Lätzchen vorbei aus der Tiefe zu sich herauf, dann gibt sie ihn mir, bittet, dass ich ihr den Kartoffelbrei in den Mund schiebe. Sie hat guten Appetit und öffnet den Mund fast mechanisch, nachdem sie einen Happen geschluckt hat. Am Schluss kommt die Banane dran, zwanzig Minuten lang mehr mit den Lippen bearbeitet als abgebissen, weil es an Zähnen fehlt. Nach jedem Mal hebt sie den Kopf und sieht mich an, mit einem Gesicht, das leicht finster aussieht wegen der vielen winzigen Falten und gleichzeitig ein Lächeln probiert. Es ist wohl auch Abbitte darin, eine Spur von Scham, so hinfällig zu sein.

Sie ist noch da.

Bei einem Kind würde man begeistert sagen: Es ist schon da.

Die beiden Anblicke sind einander sehr ähnlich.

Ein Mensch im Kommen.

Ein Mensch im Gehen.

Wo es sich berührt, ist die Welt durch einen Schmerz hindurch beinahe ins Gleichgewicht gebracht.

Oder soll ich lieber sagen: wo es sich berührt, ist alles Gleichgewicht ein Schmerz?

Es ist beides.

Vor mir sitzt meine Mutter, die ein Kind von sechsundneunzig Jahren ist.

Und wie viel Hunger sie hat.

Zwischendurch, im Luftholen, rücke ich vor und frage: Wie geht es dir?

Sie antwortet, mit einer tiefen Stimme: Es geht.

Einzige Antwort an diesem Tag.

Wohin geht die Sprache, wenn sie geht? Und was bleibt als Rest zurück, als Grund oder Satz, der vielleicht einmal ihr Anfang gewesen ist?

Als sie in den Tagen darauf mit meiner Hilfe ihre allabendliche Suppe isst, gefolgt von Kartoffelbrei, Fleischsoße und einem himbeerfarbenen Pudding, fragt sie: Ist mein Vater (sie sucht nach einem Wort) gut?

Dieses Gut sagt sie zu mir geneigt, mit dunklem Timbre, ich spüre den ganzen Satz in meinem Körper.

Plötzlich werden mir alle Varianten und Möglichkeiten klar, die es bedeuten könnte. Ist mein Vater gut? Das heißt zunächst: Ist mein Vater mein Vater? Es heißt auch: Verstehst du, was mein Vater ist? Ist mein Vater der, den ich meine? Auch: Ist mein Vater jemand, den es wirklich gibt oder möglicherweise gegeben hat? Keinesfalls aber heißt es: Ist mein Vater ein guter Mensch?

Gut ist im tiefsten Grunde gleichbedeutend mit: Ja.

Gut heißt: Du verstehst mich. Ich und du, es klappt.

Gut heißt: Das ist so, das gibt es, das ist ohne Zweifel da.

Gut heißt: Leben. Und zwar als rein körperlicher Vorgang, als Synapse im Gehirn, als Wort oder Gedanke des Gelingens.

Melanie Klein spricht einmal von der guten und der bösen Brust, die am Anfang der frühkindlichen Erfahrung stehen. Die gute Brust ist das Gelingende, das, was Nahrung gibt. Die schlechte (oder böse) Brust ist das, was nicht schmeckt, was bitter ist und keinen Hunger stillt.

Damit ist von Anfang an eine Grundunterscheidung ausgemacht, und zwischen beiden tut sich der Abgrund der menschlichen Entwicklung auf. Der Gedanke Gut bindet ans Leben. Der Gedanke Schlecht (Böse) stößt das Leben ab. Daraus wird dann Schritt für Schritt eine Sprache, ein ganzes Geflecht von Ja und Nein, das sich in den Raum und in die Zeit hinein ausweitet. Später, wenn es komplizierter wird, vergessen wir es meist. Kurz vor dem Tod kommt es wieder.

Morgens, im Daliegen. Rudern der Arme, als suche sie überall etwas, um sich festzuhalten.

Wie ich mich neben sie setze, fasst sie nach meiner Hand, dann nach den Armen. Sie klammert sich rechts und links, wo es geht und wo eine Spur von Antwort oder Wärme kommt, an meinem Körper fest.

Kann nicht loslassen, sagt die Schwester.

Blödes Wort, denke ich. Mir kommt es eher so vor, als sei sie eingeschnürt in sich. Egal was sie anhat, eine Bluse oder nur ein Nachthemd. Sie versucht, aus sich herauszusteigen.

Der Kragen, zu eng. Die Haut, zu eng.

Später, als sie still daliegt und zu mir hochschaut (sie hat mich gestern fast eine Stunde lang so angesehen, hat nur zwischendurch mit den Fingern nach meinem Kragenrand getastet, um ihn aus dem Pullover herauszuziehen, ein letzter Akt der Ordnung, die bei ihr mit Liebe verbunden ist, Liebe als Ordnung, Ordnung als Fürsorge, es geht bei ihr nicht anders), scheint sie da unter mir viel zu klein und schmächtig. Fast wie eine Puppe, denke ich.

Jetzt ist sie eingeschlafen.

Lauter Schlussmomente. Jeder Augenblick wie ein Schlussmoment. Jeder Satz wie ein Symbol des Endes.

Im Aufwachen: Wie hieß mein Name?

Ich sage ihn ihr.

Darauf murmelt sie etwas.

Lange Pause.

Sie schaut mich an.

Zischen wir beide ab, sagt sie. Komm, wir gehen weg. Ich habe auch Hunger.

Irgendwann in diesen Wochen geschah es, dass sie aufhörte zu sprechen. Die Worte wurden ihr fremd. Sie flogen aus, oder sie blieben ihr schon im Ansatz in der Kehle stecken, so dass es zu anstrengend für sie wurde, sie aus dem Körper, dem Kopf oder wo immer her herbeizurufen. Wenn man in den Raum trat, bewegte sie ihre Lippen nicht mehr. Ab und zu noch ein halbes Nicken oder ein fragender Gesichtsausdruck, dann sanken die Augen ins Leere zurück und blieben unerreichbar. Auch das Essen, das man ihr vorsetzte, sagte ihr nichts mehr. An einem Donnerstag erhielt ich einen Anruf, dass sie seit mehreren Tagen nichts mehr getrunken hätte. Ich packte ein paar Sachen zusammen, setzte mich in den nächsten Zug und fuhr quer durch Deutschland zu ihr nach Hamburg. Als ich bei ihr eintrat, lag sie zurückgelehnt im Bett und dämmerte in Richtung Decke. Sie nahm mich wohl noch wahr, aber sie drehte sich nicht mehr zu mir. Vor ihrem Bett standen die Sandalen, die sie beim letzten Mal, als ich von ihr Abschied genommen hatte, ihre anderen Vögel genannt hatte.

Sieh, da sind meine anderen Vögel.

Das waren ihre letzten Worte.

Ich hielt Nachtwache bei ihr. Eigentlich lag sie die letzten Tage da, als sei sie schon vor geraumer Zeit gestorben. Für jemanden, der hereinkam und die feineren Zeichen nicht richtig deuten konnte, hätte es sicherlich so scheinen können. Der Kopf war, da sie sich nicht mehr wie in den Wochen vorher zur Wand hin drehte, weit ins Kissen gesunken, so als könne sie nicht genug Stütze darin finden. Er schaute fast hintenüber. Die Augen, halb offen, bewegten sich nicht, wenn man sich über sie beugte, kann sein, dass sie nicht mehr aus sich heraussahen, sondern selber schon die Grenze der Welt waren. Wenn es noch Blicke waren, die sie im Inneren ihrer Augen fühlte, dann hatte sie nicht mehr die Kraft, sie in eine Netzhautbewegung umzubauen. Und doch ist es möglich, dass sie Schemen von Eindrücken in sich aufnahm. Wenn ich mit ihr sprach, schien mir ihr ganzer Körper ein Hörorgan zu sein. Sie hörte mich nicht so sehr durch die Ohren (oder wenn, war da nur ein fernes Summen) als durch die Haut, durch die Berührungen der Stimme auf ihrem Körper, die Frequenzen, die durch ihn hindurchgingen, die Vibrationen und Stimmungen, die sich aus den Worten übertrugen und sich mit den behutsamen Handberührungen verbanden. Ihre Hand zu drücken, wäre schon fast zu viel gewesen. Im

Innern war zwar noch Wärme, aber sie erzeugte keinen Gegendruck, nichts, was mir ein Zeichen ihrer Anwesenheit gegeben hätte wie so oft in den letzten Monaten, wenn an die Stelle der Sprache ein Händedruck von ihr getreten war. Diese Verbindung, dieser ganz körperliche Kontakt war jetzt gekappt. Die Finger öffneten die linke, auf der Decke liegende Hand zu einer eigenartigen Blüte. Es waren lange, sehr schöne Finger, das ist mir mein Leben lang nicht aufgegangen. Ganz sanft glitt die Hand über ihre Haut hin, man spürte förmlich, dass jede stärkere Bewegung sie erschreckt hätte – auch wenn sie nicht reagierte.

Zwiegespräch mit jemandem, der nicht mehr Antwort gibt.

Zwiegespräch mit einer Gegenwart, die unter die Haut entrückt ist.

Ein Gefühl von Schmerz war nicht erkennbar. Nur wenn die Schwestern kamen und versuchten, ihre Lippen mit etwas Feuchtigkeit zu beträufeln, wehrte sie sich und zeigte überhaupt noch Ansätze von Willenskraft.

Ihr Atem ging flach und schnell. Zeitweilig in der letzten Nacht klang er wie das Ticken einer großen Uhr. Einmal dachte ich sogar, hier müsse irgendwo eine Uhr im Raum sein. Aber dann wurde mir klar, dass es ihr Atem war – der gleichmäßige, nur eben viel zu schnelle Rhythmus der aus der Lunge fahrenden Luft. Ein kurzes Herausstoßen nur, während man das Einatmen gar nicht hörte. Draußen rauschten die Autos hinterm Bahndamm vorbei, und der Mond stand am Himmel. Es war eine klare Nacht. Wenn man auf den Balkon trat, stieg die Luft warm und voller Gerüche vom Boden auf. Einer der ersten unerwarteten Frühlingstage nach einem viel zu langen Winter. Bei jedem Ausatmen bewegte sich ihr Kopf auf dem Kissen einen Hauch hin und her. Dann, wenn man sich an den Uhrrhythmus schon fast gewöhnt hatte und ihn für das fremde Grundgeräusch des Zimmers nahm, hörte er plötzlich auf, machte Pausen, so dass man hochschoss und in die Dunkelheit lauschte, ob er wieder einsetzte. Es war schwierig, einfach dazuliegen in dieser Nacht, auf meiner provisorischen Matratze am Boden. Zeitweilig merkte ich, wie sich die Fetzen von Träumen in mein Wachen hineinmischten. Feuer, das in den Ecken auflodderte und gleich wieder verlosch. Ich geriet in einen herzklopfenden Dämmerzustand hinein.

Ich belauschte ihre Atemzüge. Wenn das Licht aus war, hörte ich nur noch sie. Und später, wenn wieder die Pausen kamen und ich schon Licht machte, um zu verstehen, was mit ihr los war, lag sie weit zurückgelehnt im Kissen, wie sie es vorher getan hatte, und entschwand immer weiter aus meiner Nähe.

Was für einen Weg hatte sie zurückgelegt, und mit welcher Beharrlichkeit. Seit Jahren ging die Uhr in ihrem Körperinneren rückwärts, sie brachte ihr Leben aus dem Greisen- und Erwachsenenalter in die Kindheit zurück, und von der Kindheit ging sie schrittweise noch einmal rückwärts in den Zustand des Kleinkinds und des gerade Geborenen, das gefüttert und gewickelt werden musste, ein endloser Abschied. Sie schwand in die Welt, aus der sie hervorgekommen war, als müsste sie in aller Gründlichkeit und Ausführlichkeit, ohne dass ihre Willenskräfte darauf Einfluss nehmen konnten, bis zu ihrem Ausgangspunkt zurückkehren.

Am frühen Nachmittag des nächsten Tages änderten sich die Atemzüge. Sie wurden nicht langsamer, sondern eigentlich nur leiser. Als ich sie kaum noch hörte und mich über sie gebeugt hatte, um ihre Stirn zu fühlen (sie war heißer geworden, während die Füße schon den ganzen Morgen kalt waren), setzte ich mich neben sie und hielt ihre Hand umschlossen, ich schaute oder lauschte auf diese immer stiller werdenden Atemzüge, die plötzlich aufhörten – für ein letztes Mal verschoben sich noch einmal ihre Arme um eine Winzigkeit, eine Welle von Abschied ging durch sie, und sie legte den Kopf noch ein Stück weiter nach hinten. Die Augen, die vorher blicklos gewesen waren, sanken, so schien mir, ganz langsam in die Höhe, sie brachen nicht, sondern glitten aus aller Gegenwart.

Worte, zu ihr gesprochen, in ihre Nähe, in ihr Inneres.

Jede Sekunde, jeder Sekundenbruchteil war voll von so viel Stille. Als ich schon dachte, sie atmete nicht mehr, kam noch, wie verspätet, ein langer Atemzug. Ein Hauch, ein Ausatmen. Sie hauchte mit einem letzten Zeichen, fast einem Winken, ihr Leben aus. Kein Widerspruch, nicht einmal eine Spur von Stöhnen war darin. Dann lag sie da, unbewegt, und ich sah sie daliegen, von einem Moment zum anderen sie und schon eine Erinnerung an sie.

WIEDERKEHR

Über der Stadt jetzt, wo bin ich, was will ich? Ein Licht fällt aus den Wolken auf die Dächer herab. Wo es auftrifft, entsteht ein grauer Schimmer, fast hätte ich gesagt: ein Nebel. Denn entschieden ist gar nichts, wenn man auf einer Balustrade hoch über den Häusern von Paris steht und sich zu fragen versucht, was diese Ansammlung von ineinandergeschobenen grauen Kuben ist, in der es überall Risse gibt, Einschnitte, Vertiefungen, die man weiter unten Straßen nennt, hier oben aber sind es gezackte Linien mit einem ungeahnten Abgrund. Nur wenn man sich vorbeugt und direkt nach unten sieht, erkennt man Autos, Bewegungen, Menschen. Weiter entfernt gibt es nur das Licht, das sich in einem breiten, dreifach gestaffelten Streifen langsam über die Dächer schiebt, es ist, als sollte vor meinen Augen eine Kulisse, ein diffuses Bild mit Einschüssen von impressionistischen und vielleicht auch kubistischen Malweisen aus der Stadt werden, damit ich die Übersicht verliere und sage, dort unten irgendwo wohne ich. Bin ich unten, orientiere ich mich an den Verkehrsflüssen, Straßenecken, wiederkehrenden Schaufenstern, die ich mir durch Eingewöhnung zu eigen mache, bis ich vielleicht irgendwann schon denke, ich kenne sie wie meine Westentasche. Von hier oben gesehen wird klar, dass das alles Trug ist. Keine Spur von Zusammenhang, auch wenn ich einzelne Gebäude ausmachen kann, eine Kirche, eine Kuppel. Wenn es so etwas wie eine Macchia aus Stein und Schiefer gäbe, einen Wildwuchs an Menschenwerk, dann wäre es dies.

Folgen Sie diesem Mann, der einen Rucksack aus leichtem, hellbraunem Leder über der Schulter trägt, er biegt um die Ecke, mit seiner Wollmütze auf dem Kopf, die er in die Stirn gezogen hat, darunter, wenn Sie sich beeilen, sehen Sie die weißgrauen Haare, die in Richtung Schulter fallen, das Blitzen einer Brille, in der Sie, wenn Sie genau hinschauen würden, den ganzen spiegelverkehrten Himmel von Paris erkennen. Dann, mit zwei Sprüngen, die seinem Körper einen Anschein von Verträumtheit geben, ist er weiter hinten in die Nebenstraße eingetaucht. Er durchquert das Marais in Richtung Bastille, wo sich die Straße allmählich zu einem Platz hin weitet und die verschiedensten Boulevards von allen Seiten auf den summenden Kreisverkehr zuströmen, um sich in ihn einzufädeln und eine Runde mit ihm zu drehen. Er geht über den Platz, oder vielmehr, er umrundet ihn in einem weitgezogenen Bogen an den Zeitungsständen und den noch winterlichen Cafés vorbei, um auf der anderen Seite in einer Gasse zu verschwinden.

Es ist halb elf Uhr morgens.

Das Gefühl, über das Pflaster zu gehen. Die Beine bewegen sich so vor sich hin. Man lässt ihnen freien Lauf, und irgendwann bläst einem die Luft aus einem U-Bahn-Rost zwischen den Füßen hindurch. Kurz hört man ein Rauschen von dort, das Rumpeln einer in der Tiefe durchfahrenden Metro. Also ist da ein ganzes verborgenes System von Tunneln, Schächten, Gehörgängen unter mir.
   Am Straßenrand. Eine Afrikanerin, in einen dicken schwarzen Mantel verpackt, wischt sich mit dem Taschentuch eine Träne aus den Augen.

Gleich daneben steigt ein Mann aus einem Lieferwagen, den Auftragszettel in der Hand, er schaut gar nicht um sich, sondern bleibt im Gehen in sein Papier vertieft, leicht vorgebeugt, auf seiner Hose sind Farbflecken oder Reste von weißem Mauerputz, schließlich hebt er den linken Fuß über den Bordstein und schlendert auf eine Einfahrt zu, die den eingravierten Namen Passage des Philosophes trägt.

Soll ich ihm nachgehen?

Hier bin ich noch nie gewesen. Weiß auch nicht, welche Philosophen sich hinter diesen Fenstern getroffen haben. Vielleicht waren es die Aufklärer, Diderot, d'Alembert oder ein anderer aus dem Umkreis der Enzyklopädisten. Ein Stück weiter drüben ist die Metrostation Voltaire, und etwas dahinter auf Père Lachaise zu muss mein kleines Hotel sein.

Werden die Füße müde? Jetzt hat er sich an einen Tisch vor dem Eckcafé gesetzt. Er greift in den Rucksack und holt seinen Schreibblock heraus. Kommen Sie, treten Sie näher, schauen Sie ihm schräg von hinten über die Schulter. Er wird Sie nicht erkennen, Sie sind der unsichtbare Begleiter seiner Herzschläge. Lesen Sie die Buchstaben mit, die er in schnellen Strichen über die Seite schreibt.

Kannst du mich hören? Hörst du mich? Hier endlich, nach so vielen Jahren, nach so viel Zeit, bin ich in unsere Stadt zurückgekommen, die Stadt, die unser Anfang gewesen ist. Ich tauche in die Zeit ein, ich schreibe mich in die Sterblichkeit zurück. Es ist alles anders, schreibe ich, und ich will auch, dass es anders ist. Es ist nur eben so: In jedem Schritt, den ich mache, in jedem Wort, das mir über die Lippen kommt, spricht die Geschichte unseres Anfangs mit, sie heftet sich an meine Fersen, sie folgt mir als Klang, sie taucht als Widerhall unter den Füßen auf und will mir erklären, dass ich immer schon von ihr gelenkt und gezeichnet bin.

Ich weiß nicht, wie ich es nennen soll, was ich hier schreibe. Einen Brief. Eine Botschaft an dich. Einen Gruß aus der Rue de la Roquette. Eine Umarmung quer durch die Luft hindurch. Es ist schön, so dazusitzen und die Schritte in den Worten fortzuführen, den linken Ellbogen auf den runden Marmortisch gelehnt und über die Straße schauend, während ein elefantenartiger Wasserwagen der städtischen Reinigung vor mir vorüberfährt und fast bis auf die Füße spritzt.

Gleich rechts von mir ist ein arabischer Gemüseladen, mit zwei Stapeln Orangen und einem Hügel von Minze, dessen Geruch zu mir herüberdringt.

Gegenüber beginnt eine Straße mit schmalen, schlauchartig in die Tiefe der Häuser führenden Kleidungsgeschäften, die alle von Chinesen betrieben werden und denselben Schriftzug über dem Eingang tragen: Prêt-à-Porter. Schwer zu sagen, wer da kauft. Wahrscheinlich sind es Großhandelsgeschäfte, es ist ein stetiges Kommen und Gehen da. Manchmal tauchen Damen mit hohen Absätzen auf, die in den Kleiderreihen verschwinden und später wieder mit schwarzen Plastiktaschen heraustreten. Weiter oben nehmen die maghrebinischen und afrikanischen Läden zu. Algerier und Tunesier wohnen hier in enger Nachbarschaft mit alteingesessenen Parisern zusammen. Im Vorübergehen hört man verschiedene Sprachen durcheinander, Französisch und Arabisch, einmal auch Bambara-Sprache, wenn ich richtig gehört habe – zwei hochaufgeschossene Männer, die sich begrüßten und ihre Hand nicht eher losließen, als bis sie sich alle Neuigkeiten des Tages erzählt hatten. Auch als ich mich nach einer Weile nach ihnen umdrehte, standen sie noch so da. Salut, Abdu. Frauen aus dem Senegal und aus Mali, mit Gewändern, wie ich sie ganz ähnlich in Segou am Niger gesehen habe, kommen zwischen den Autos hindurch. Wahrscheinlich leben sie schon in der zweiten oder dritten Generation in Paris, und sie teilen sich das Viertel mit jungen Leuten, mit Studenten, Künstlern, jeder Art Aussteigern. Nein, es ist nicht Belleville, wo ich gelandet bin, es ist das Quartier rund um die Metrostation Alexandre Dumas, wo das feine Paris angenehm fern ist und ein ganz eigenes Leben begonnen hat.

Mein Zimmer, Rue d'Artagnan, ist winzig, aber gut drei Meter hoch. Sieben Balken laufen da dicht beieinander durch die Decke, von der Tür auf das Fenster zu. Zwischen dem dritten und vierten Balken hängt eine Schnur mit einer Glühbirne herunter. Das Bad ist so klein, dass man sich darin schwer umdrehen kann, ohne irgendwo anzustoßen. Wenn man gegen die Wand fasst, kommt der Putz heraus. An anderen Stellen wächst der Rost von innen aus den Rohren. Nur die Mauer links neben dem Bett, die offenbar noch aus mittelalterlichen Zeiten stammt, ist roher Stein, Brocken auf Brocken übereinander gefügt, mit hellem Mörtel dazwischen und voller unregelmäßiger Wölbungen und Verkantungen, als sei es ein Wink aus dem Tarantelhaus.

Im Aufwachen, nachts: bläuliches Licht hinterm Fenster. Als es dann hell wurde, morgens, und ich mich nach einem Moment des Nachdämmerns aus dem Bett hochschwang, zog ich das Fenster auf und hielt den Kopf nach draußen – unter mir gingen zwei Frauen vorbei, eine mit blauem Kopftuch und afrikanischem Gewand, die andere rothaarig und mit einer Baguette unterm Arm.

Ich habe ein Café gefunden, gleich in der Seitenstraße, Café de Personne. Vier große Spiegel gibt es im Inneren. Darunter die braunen Lederbänke mit quadratischen Tischen davor. Die Maserungen auf dem Tisch, rund um die Tasse Café crème, in die ich mein Croissant tauche. Es sind wellenartige Linien, die sich auf mich zubewegen. Ich müsste mich auf der Stelle umsetzen, um von ihnen nicht getroffen zu werden. Sie strömen quer über den Tisch in meine Richtung, sich manchmal verengend und dann wieder weitend, mit Leuchtspuren und dunklen Flüssen zwischen sich.

Erzählt, was ihr sagen wollt, denke ich. Oder erzählt nichts, sondern strömt einfach. Es gelingt nicht, die Vielzahl der Linien mit den Augen zu erfassen, immer sind noch weitere am Rand, die mitströmen und die Übersicht aus den Fugen bringen. Eine Seefahrt im Holz. Odyssee der Jahre.

Ein Anwehen.

Oder was?

Exakt jetzt, im Dasitzen, oder fast exakt, das Gefühl, wie ich es vor vierzig Jahren gehabt habe, in der Nähe von Trocadéro unter Bäumen sitzend, mit einem kleinen lila Kugelschreiber in der Hand, gefächerte Schatten um mich, und dabei die Zukunft auf einem Fetzen Papier skizzierend. Ein Anschwall von Zukunft, in einem Augenblick, wo das Leben für mich gerade erst losging, wo ich von München nach Paris gefahren war, um dich zu treffen, Paris im April, ich hatte vor kurzer Zeit meine Doktorarbeit begonnen, über Paul Celan, der ganz in der Nähe von Trocadéro wohnte und den ich gleich in meinem ersten Semester einmal dort besucht hatte, um seither nicht mehr aufzuhören an ihn zu denken, an ihn und seine Sprache, an seine Gedichte, die in mir lebten und mich die Dinge anders sehen lehrten. Die Umbrüche von

1968 waren voll im Kopf, die Utopie (selbst wenn sie aus einem fingerlangen lila Kugelschreiber geflossen kam) war möglich, sie stand sogar unmittelbar bevor.

Und dieses Anströmen, nicht als Erinnerung, sondern als Wiederkehr, geht mir hier durch die Finger, durch die Hand, ich spüre es im ganzen Körper. Am stärksten in der Bauchgegend, in der Höhe des Nabels, wo die Fäden des Lebens zusammenlaufen, wo ich mit einer Schnur an mein Vorleben angebunden gewesen bin und kurz darauf abgenabelt wurde, kann sein, ich habe keine genaue Erinnerung daran. Letzte Schnittstelle zur Geburt, ein Sternzeichen, eingewölbt in die Haut.

Dort läuft das Gefühl der Zukunft zusammen. Ein Zerren von Zukunft. Oder soll ich sagen: ein Ziehen ins Offene, in das ich augenblicks aufbrechen möchte mit allem Atem, den ich in mir spüre? Vielleicht ist mein Atmen (dieses plötzlich tiefe und unersättliche Einatmen, das kommt, als würde es von den Wünschen wachgerufen) nichts anderes als das Aufreißen des Horizonts. Ein Sprung ins Unbekannte. Wo bin ich also, wenn ich in diesem Gefühl von vor Jahren ankomme? Ich bin hier, ich bin dort. Es gilt. Ich sitze unter den Bäumen von Trocadéro, und sie versetzen mich hierher ins Café de Personne – und umgekehrt. Etwas kehrt wieder, mit aller Heftigkeit, in mir und versetzt mich quer durch die Zeit ins Offene.

Dieses Offene gilt. Egal ob wir es mit jugendlichem Überschwang Zukunft nennen (so viel Zeit vor uns) oder ob wir es später, wenn keine Ewigkeiten mehr vor uns zu erwarten sind, zu etwas anderem umtaufen.

Unterwegs, später. Warme Luft um mich. Es scheint Sommer zu werden. Die Kastanien, rund um den Friedhof Père Lachaise, rollen ihre Blätter aus den

Zweigen. Als hätten sie seit Wochen auf diesen Augenblick gewartet. Und sie tun es gegen alle Regeln der Genügsamkeit, sich in die Luft vorschiebend, gierig, fast um das Vierfache über ihren gestrigen Zustand hinaus.

Jetzt – was man tun müsste. In sie hineintauchen. Unter ihnen durchlaufen, während die hochsteigende Sonne durch die Zweige fällt, wechselnd im Licht und im Schatten, Flecken von Helligkeit um die Augen, die übers Gesicht wandern und vom Kopf bis zu den Füßen den Körper auflösen, bis er ein Teil des Morgens geworden ist.

Wir, damals. Der Wind riss uns in die Liebe, als wir durch die Straßen liefen unter den Kastanien hindurch und später ein Bettlaken vor dem Nachthimmel aufspannten. Unsere Arme waren die Schatten auf der Leinwand, die sich in unseren Worten und Gedanken fortsetzten, als hätten wir Übermut zu verschenken und seien eine Dunkelkammer voll Glück. Der Wind trug uns durch die Straßen in der Nacht, die wir zum Denken brauchten, um weit genug von allen Übrigen entfernt zu sein, die Zeit wehte im Rücken und wölbte sich manchmal zu einer Spanne von Ereignissen, die uns in die Schräge legten und beinahe zum Kentern brachten. Oder wohin fuhren wir? Wohin schliefen wir uns miteinander unter diesem ungeheuren Himmel über der Stadt, in dem kein Mond stand? Der Wind, mit einem Rauschen und fast einem Fauchen aus der Tiefe der Rue du Cherche-Midi kommend, trieb uns nacheinander die Träume in die Augen, damit wir lernten, uns in sie einzurollen und durstig zu sein. Der Wind tauchte uns in die Liebe, die wir austranken nach Mitternacht.

Damals schrieb ich: Die Liebe ist für die Ewigkeit gemacht.

Haben Sie ihn verloren? Ist er Ihnen zwischen den Häuserecken entglitten? Macht nichts. Setzen Sie sich ins Café de Personne. Er wird kommen. Früher oder später taucht er auf, mit seinem Rucksack aus Kamelleder, den er auf einer Reise nach Afrika erstanden hat. Er ist den ganzen Nachmittag durch die umliegenden Viertel gelaufen, von der Rue de Charonne durchs Marais zur anderen Seineseite hinüber und von da über die Tuillerien und den Louvre wieder zurück. Seine Knie haben das Vibrieren der Stadt angenommen, all die durcheinanderwirbelnden Geräusche von Autos, Bussen, Polizeisirenen, Stimmen, quietschenden Metroschienen, wummernden Baustellen, sich über die Treppen ins Freie drängenden Menschenmassen. Seine Schuhe haben sich ihren Weg hindurch gebahnt und den Staub weitergetragen, der sich an die Sohlen geheftet hat und anderswo wieder abgefallen ist, plötzlich, an einer Ampel oder beim Überqueren des Boulevard Sébastopol.

Sehen Sie, wie er eintritt? Er ist erstaunt, dass das Café voller Menschen ist. Fast alles junge Leute, die hier auf den Bänken sitzen und sich an den Tischen aneinanderdrängen. Serge, der Ober, begrüßt ihn, wie er durch die Reihen geht. Fast als sei er schon ein guter alter Bekannter. Ça va? Oui, ça va. Er findet einen Platz in der Ecke hinten links, gleich neben einer Chinesin, die mit einem Freund vor einer schräg an die Wand gestellten Tafel sitzt, auf der die Getränkepreise aufgelistet sind. Wie er hinüberblickt, fällt ihr das Haar, das noch schwärzer ist als die Tafel hinter ihr, über die Augen, so dass er nur noch die Backen und den Mund erkennt. Sie schaut auf ihr Handy und tippt etwas hinein, mit beiden Händen oder vielmehr mit ihren Fingerspitzen, vielleicht tut sie es nur deshalb, damit der Schimmer des Displays auf ihr Gesicht fällt. Ein Leuchten, das bis zu den Augen geht, die unter den Haaren verborgen sind. Und während sie schreibt, spricht sie manchmal mit ihrem Freund, ohne vom Display aufzusehen. Will sie ihn eifersüchtig machen? Oder will sie ihn heranlocken mit den Buchstaben?

Vous désirez, Monsieur?

Ein Glas Rotwein, un petit rouge – die Worte gehen wie eine Erinnerung über die Zunge.

Côte du Rhône, fragt Serge.

Côte du Rhône, sagt er.

Wohin verbiegt sich die Zeit mit den Jahren? Und welche Kreise, welche Spiralen und Labyrinthe zeichnet sie in uns? Es ist Freitagabend. Ich bin zurückgekehrt ins Café de Personne. Auf Deutsch heißt das: Niemandscafé. Denn wunderbarerweise bedeutet Personne auf Französisch nicht etwa Person, sondern Niemand, und es wird erst zur Person, wenn man einen bestimmten oder unbestimmten Artikel davorsetzt.

Personne. Niemand ist für sich allein schon jemand. Es braucht einen zweiten, der einen sieht, der mit einem spricht, der einem eine Bestätigung oder Bestimmung gibt – und sei es auch nur, dass er einem den Spiegel vorhält.

Gedanken an Celan werden wach – von ihm gibt es einen Gedichtband mit dem Titel: Die Niemandsrose. Für mich war das vielleicht der wichtigste, zumindest der entscheidende Gedichtband, denn kurz nachdem er erschienen war, habe ich Celan kennen gelernt in Paris, wir haben über seine Gedichte gesprochen, auch über die Niemandsrose und die doppelsinnigen Zeilen, mit denen das Gedicht Psalm beginnt: Niemand knetet uns wieder aus Erde und Lehm, niemand bespricht unsern Staub ... Gelobt seist du, Niemand.

In der französischen Übersetzung heißt Niemandsrose: Rose de personne.

Während ich das aufs Papier schreibe, als hätte ich es nicht längst im Kopf, muss ich die Ellbogen einziehen, so rappelvoll ist es im Lokal. Ein älterer Mann mit Schiebermütze stützt drüben auf der anderen Seite sein Kinn in die Hand und blickt über die Tische hinweg zur Mitte des Raums, wo eine Gruppe von debattierenden Studenten oder Schülern sitzt. Sie sind höchstens zwanzig. Hinter ihnen ein Mädchen mit grünen Augen und hellrotem Haar, vielleicht ist es dasselbe, das gestern unterm Fenster vorbeiging, sie hat das Haar zu einem Pferdeschwanz gebunden, und sie ist voll in Bann geschlagen von ihrem arabischen Freund, der sie mit aller Macht beflirtet. Zwischendurch, wie er sie anschaut und einzelne Worte zu ihr herüberschickt, löst sie das Haar auf und knotet es beiläufig wieder zusammen. Einen Tisch neben ihr eine gemischte Runde, die offenbar aus Theaterleuten besteht, vielleicht sind es Schauspielschüler vom Théâtre Bastille, das weiter unten liegt. Im Spiegel verdoppeln sich ihre Köpfe, nur sind sie dort seitenverkehrt, und wenn man sie länger beobachtet, wird man gewahr, dass sich ab und an einer von ihnen in Richtung Spiegel umdreht, um zu prüfen, wie sich die Runde auf Entfernung gesehen im Raum ausmacht und ob es sich bei dem, der in der Mitte sitzt und ein Buch von Molière in der Hand hält, tatsächlich um ihn selber handelt. Der Lärmpegel, obwohl alle nur miteinander reden und keiner zum Schreien neigt, ist enorm. Die Menge der Worte, die geredet werden, ebenso. Es ist eine Heftigkeit, die aus der Laune, aus der plötzlichen Entspannung dieses Abends kommt, Lust, den Tag zu verabschieden und sich endlich mit Worten und Erzählungen einander zuzuwenden.

Ein Raum voller Bienensummen.

Mein Achtelglas Côte du Rhône ist angekommen. Auf den Nebentischen sehe ich andere Weingläser, Colagläser, Wasserkaraffen, dazwischen Bücher und Theaterprospekte, die manchmal angehoben und zum Bestandteil des Gesprächs werden. Das Tablett von Serge, dem Ober, schwebt wie eine Raumfähre an den Köpfen vorbei. Seiner Stimme nach muss er aus Südfrankreich stammen, vielleicht aus Marseille. Und die Frau hinter der Theke (heute Morgen hat sie mir den Café gebracht) ist aus Mali. Vielleicht weil ich in ihre Richtung schaue, lächelt sie zu mir herüber, in der linken Hand, die auf der Innenseite genauso hell ist wie meine, hält sie den Korkenzieher, mit dem sie die nächsten zwei Flaschen aufzieht. Oui, ma mère est de Mali, hat sie heute morgen gesagt. Ihre Mutter ist in einem Vorort von Bamako geboren, nicht weit vom Niger entfernt, sie selber in Frankreich.

Niemand. Odysseus gibt dem betrunkenen Zyklopen, als der ihn nach seinem Namen fragt, zur Antwort: Outis. Das hat einen Anklang an Odysseus, heißt aber zur selben Zeit Niemand.

Odysseus ist Personne. Odysseus ist genau der schwer begreifbare Niemand, der im Café de Personne zu Hause ist. Er ist der Bilderreiche und durch die Welt Verschlagene. Er ist der Irrfahrer, auf dem Heimweg zu Penelope, was immer das heißen mag. Er ist der Nomade des Meers, und sei es auch eines Häusermeers.

Wäre ich zehn Minuten später gekommen, hätte ich keinen Platz mehr gefunden. Jetzt ist auch die vordere Ecke, zur Straße hin, von einer Schar junger

Franzosen (alle schwarzhaarig und in dunklen Pullovern) besetzt, und sie beugen ihre Oberkörper über den Tisch hinweg aufeinander zu, um sich verstehen zu können. Gesichter, die sich Antwort geben. Augen, die sich suchen und dort aneinander haften bleiben, während sie miteinander reden, lachen und sich im Lachen leicht zurücklehnen. Andere lassen ihre Blicke zwischendurch nach unten gleiten und scheinen, wie auf der Suche nach Worten, kurz zu träumen. Manchmal, und das wieder besonders bei denen, die nebeneinander sitzen, richten sich die Augen im Reden und Zuhören auf einen imaginären Punkt im Raum vor ihnen, den sie gemeinsam anpeilen, wie ein Lichtfunkeln oder wie ein imaginäres Leuchten, das ihnen den Stoff eingibt.

Die Hände halten sich demgegenüber zurück. Zu viel könnte umfallen, und man hört die ganze Zeit tatsächlich nichts zu Boden klirren. Kein Zerspringen von Porzellan oder Glas. Das Reden hat etwas Wogendes. Je wo man sich hinwendet, dringen einzelne Stimmen heraus, auch diese, da es Französisch ist und die Worte in ansteigenden Bögen ihre Melodien zum Schwingen bringen, sinken zwischendurch nach einem Satzende kurz in die Tiefe ab, um dann sofort wieder wie ein sich erhebendes Singen in den Raum zu steigen: Musik. Reden ist hier ganz klar Selbsterhebung. Und so sehr man sitzt, so sehr bewegt man sich doch, ohne genau zu wissen, wo der nächste Satz einen hinträgt, unentwegt weiter von der Festigkeit des Bodens in die Luft hinauf.

Elevation.

Derweil, in diesen Sätzen, hat sich ein weiterer Gast zwischen mich und meine Nachbarin gequetscht. Die Chinesin lächelt ihn an und zeigt für einen Moment ihre langen Wimpern vor. Sie ist schön. Die Enge bedrängt nicht, sondern ist genaugenommen eine weitere Voraussetzung, um in die Luftsphäre einzudringen. Würden Marsmenschen auf uns niederschauen, sie hätten die befremdlichsten anthropologischen Beschreibungen für diese Menschenansammlung bereit, die vielleicht etwas von einem ausgeflippten Bienenschwarm an sich hat oder einer Zusammenballung von lauter Einsamen, die sich aus der Zweibeinigkeit und der sorgsam eingeübten Vereinzelung in einen imaginären Raum der Rede erheben und unheimlich viel Emphase dabei versprühen – wobei sich das ganze Ensemble, bei rechtem Licht besehen, doch voll in die Regeln der menschlichen Population einordnet. Es sind nur die Regeln des minutiösen Ausflipps. Ein menschliches Freitagsgebet. Heute ist Freitag, kurz vor dem Schabbat. Vielleicht hat es ein paar Jahrhunderte für die Entwicklung solcher magischer Praktiken gebraucht, und sie funktionieren auch nicht überall so wie hier in Paris. Jedenfalls haben sie eine solche Gegenkraft gegen die Physik entwickelt, dass sie es mühelos mit fern gelegenen Religionsformen aufnehmen können.

Weiter hinten hat sich einer der Schauspieler erhoben. Er schlägt ans Glas, er hebt die Arme, die in einem hellgrauen Jackett stecken. Ich möchte euch eine Geschichte erzählen, sagt er. Dabei greift er sich mit der rechten Hand an den Hinterkopf und sieht sich im Raum um. Die Geschichte heißt Aria.

Damals, als es noch ein Internet gab und die Leute dachten, sie klicken sich mit ein paar Fingerbewegungen in den Weltraum ein, lebte ein Mann in unserem Viertel, der panische Angst hatte, auf die Straße zu treten. Der Anblick von Menschen, tatsächlichen Menschen oder vielmehr solchen, die sich für tatsächlich oder wirklich hielten, denn ihm kamen sie eher wie eine Abwandlung aus den Bildern vor, trieb ihn in sein Haus zurück. Er wohnte hier gleich in einer Seitenstraße von Père Lachaise. Kaum dass er morgens die Tür öffnete und sie draußen vorübergehen sah, und schon gar wenn er ihre Stimmen hörte, die in völliger Sorglosigkeit andere Stimmen imitierten, ja sie bis ins Kichern und Bellen hinein nachäfften und dabei noch etwas quäkend Betuliches oder von sich selbst Überrissenes annahmen, ohne dass man sagen konnte, ob sie sich damit umarmen oder erschlagen wollten, begann er zu zittern. Von einem bestimmten Moment an verließ er das Haus nur noch durch den Keller, in dem er seitlich der Abstellkammern einen Durchbruch zu den Abwasserkanälen gefunden hatte, und um nicht verloren zu gehen, rollte er jeden Tag wieder einen dünnen Faden hinter sich ab, mit dem er nun schon vertraut (er trug ihn in der Tasche und ließ ihn zwischen den Fingern von der Spule schnurren) kreuz und quer durch die Stadt ging, bis er ein ganzes Netz gesponnen hatte.

In seiner Kindheit, das sei nur nebenbei bemerkt, hatte er Drachen steigen lassen. Das Abwickeln einer Spule schien ihm in Fleisch und Blut übergegangen zu sein, auch wenn nicht ganz klar war, ob der Faden wirklich auf ein Stück Holz oder Pappe gewickelt war oder sich nicht eher aus dem Inneren seiner Kleidung trennte, so dass er Tag für Tag ein Stück davon einbüßte.

Manchmal, wenn er an eine Stelle kam, wo er schon gewesen war, stolperte er über den Faden und knotete ihn, wenn er zerrissen war, sofort doppelt und dreifach wieder zusammen, denn ihm wäre es sehr unangenehm gewesen, wenn er den Zusammenhang seiner Wege (seine Herkunft, seine stetig zunehmende Vergangenheit, die auch den ganzen Ablauf seiner unterirdischen Reise bestimmte) auf immer zerstört hätte.

Ohnehin hatte er Schwierigkeiten, sich an seine Herkunft zu erinnern. Dauernd fand er sie vor sich, oder winzige Teile von ihr, Fußschlingen und fremdartig unter den Sielen schimmernde Verknäuelungen, die sich, wenn man nicht aufpasste, um die Haut legten. Eigentlich kletterte der Mann mehr durch sein Leben, als dass er auf zwei Beinen in irgendeine Zukunft ging, und wenn er daran dachte, dass er an einem bestimmten Knotenpunkt angekommen war und nun wieder den Weg zu sich nach Hause finden könnte, dann war das barer Unsinn, denn er war längst in seinem unterirdischen Netz zu Hause, und wären nicht überall Brotreste, Pizzaecken, Würste von Hotdogs und Schinkenbaguettestücke durch die Siele abwärts gefallen, er wäre sehr bald verhungert. Zuweilen, wenn er um die Ecke bog und dicht am Wasser entlang in einen ausgekachelten Schacht hineinging, wunderte er sich, dass dort in den Nischen dunkle, beinahe menschengroße Gestalten hockten. Sie sahen wie hindrapierte Puppen aus, und zweifellos begann er in solchen Momenten laut vor sich hinzusingen. Paris hallte unterwärts von seiner durch die Gänge wandernden Stimme wider, und wer ein Ohr hatte zu lauschen, konnte aus den Abwindschächten und den Gullis zwischen Père Lachaise und Opéra Bastille seine Gesänge hören, die manchmal anschwollen und dann wieder in der Tiefe ihr Echo mit sich forttrugen. Er war der Erfinder seiner schlingernden, mäandernden Melodie, und da er Angst vor Menschen und ihren bellenden oberirdischen Stimmen hatte (er nannte sie Hunde, es waren allesamt Hunde für ihn, sie versperrten den Zugang zu den Lebenden), spannte er im Untergrund das Gewirr der Fäden aus, ein ganz ähnliches Gewirr von Fäden übrigens, wie sie es oben in den Häusern auf ihren Laptops und Monitoren beäugten.

Einmal, als kurz der Strom ausfiel, vielleicht erinnert sich noch jemand daran, heulte es in den Straßen, und man wusste nicht, ob es ein ferner Nachhall aus dem Palais Omnisports war, wo an diesem Tag ein entscheidendes Rugbyspiel stattfand, oder ob es von ihm kam, weil er das Zentrum seiner Wünsche gefunden hatte. Seit dieser Zeit heißt das Café hier, seiner gedenkend, Café de Personne.

Später, im Dunkelwerden. Eine Runde um die Metrostation Alexandre Dumas. Die Ampeln leuchten bengalisch über die Straße.
Ein Rotglühen, zwischen den Bäumen hindurch. Und dann ein rundes Grün, als würde jetzt auch der Sommer in den Ampeln ausbrechen. Ein Schimmern ringsum auf den Baumrinden und den Häuserwänden. Die Autos gleiten wie Fische daran vorbei.

Geträumt, nachts, ich schwebte aufs Meer hinaus und überflöge die Felsen vor der Küste. Ein Radfahrer, mit grünem Rücklicht (war es Foscolo?) war zeitweilig auf gleicher Höhe, aber dann verloren wir uns im Weiterfahren aus den Augen, vermutlich weil er nach Sizilien abgebogen war und ich nach Paris. Auf meinem Rücken reisten Taranteln mit, die Leuchtzeichen nach Art von Helikoptern abgaben. Ich hörte verschiedene Mal das Klappern von Sandalen hinter den Schultern, so als bekäme ich gleich Besuch. Übrigens gab es auch Türen in jeder Menge dort oben, zumindest Türrahmen, ich konnte mich auch manchmal an einem Griff festhalten, während ich in großer Geschwindigkeit weiterflog. Als ich dann mit den Schuhen das Wasser berührte, obwohl ich ganz genau wusste, dass das bei meiner Flugposition unmöglich war, musste ich mitten im Traum loslachen, merkte wohl auch, dass ich in einem Bett lag, schlief aber wieder ein und traf Freunde, die mir aus einem Ruderboot zuwinkten. Da schüttelte mich das Lachen endgültig wach, ich schlug die Augen auf und sah, dass du nicht neben mir lagst.

Nächster Morgen. Das Café de Personne ist leer. Kein Mensch mehr an den Tischen. Nur draußen vor dem Fenster, auf einem der hinteren Stühle dort, unter der Markise, halb verdeckt von einem Plakat, das an der Scheibe klebt, hat bis vor kurzem ein Mann gesessen, den ich zunächst gar nicht richtig beachtet habe. Ich sah nur einen hellen Fleck, der von seinem Trenchcoat kam, es brauchte eine Weile, bis ich begriff, dass er zu einer Schulter und einem Rücken gehörte, einem etwas gekrümmten, gebeugten Rücken, so kam es mir vor. Aber dann, als ich mich beim Umrühren des Zuckers im Kaffee zufällig (oder vielleicht doch von einer geheimen Neugier, einem unbestimmten Verdacht getrieben) ein Stück zur Seite beugte, so dass ich nun auch den Kopf und die ganze Person einigermaßen erfassen konnte, durchfuhr mich ein Stromschlag. Dort, hinter dem Fenster, saß Paul Celan. Ganz deutlich erkannte ich die Umrisse seines Kopfs, das nach hinten gekämmte Haar, das weiße Hemd, das unter seinem Mantelkragen hervorragte, wahrscheinlich trug er auch einen Schlips dazu, wie er es immer getan hatte, wenn er in die École Normale Supérieure zum Unterrichten ging (er lehrte dort über die Jahre hin mit Unterbrechungen deutsche Literatur, womit er sein Geld verdiente, mehr als mit seinen Gedichten, die ihn weltberühmt gemacht haben, und mehr auch als mit seinen Übersetzungen aus dem Französischen, Russischen, Italienischen oder Englischen). Er saß, von mir abgewandt, mit dem Blick in die leicht ansteigende Straße hinein, die Augen etwas gesenkt, auf das Pflaster hin gerichtet, obwohl ich seine Augen gar nicht sehen konnte. Es war seltsam, er schaute von mir weg, hatte wohl auch keine Ahnung, dass ich mich hinter ihm im Café befand, und doch hatte ich den ganz sicheren Eindruck, ihn, während ich ihn von hinten sah, von vorn zu sehen. Es war gar nicht nötig, dass er sich umdrehte. Die Haltung des Kopfes in der für mich unverkennbaren und in ganz Paris nicht wieder vorkommenden leichten Neigung nach links herüber, die ihm etwas Melancholisches gab, auch etwas Fragendes, die Welt Befragendes, eine sehr eigene Form von Nachdenklichkeit, aus der heraus er mit seiner wie aus einer Ferne kommenden, singenden und mich sofort einnehmenden Stimme zu mir sprechen würde, ein Lächeln um den Mund und, wenn du nur in der Nähe wärst, mit einem sich sofort in deine Richtung verströmenden Charme, der aus der Schwermut kam und die Schwermut durchbrach, all das brachte mir sein Gesicht vor Augen.

Da saß er, und ich wusste nicht, ob ich hingehen sollte. So sehr es vielleicht logisch gewesen wäre, aufzuspringen und zu ihm hinzulaufen, ihn mit einer herzlichen, hilflosen Armbewegung zu begrüßen und ihm meine wie immer geartete Freude kundzutun, so sehr bremste mich der Gedanke ein, dass er vor vierzig Jahren in die Seine gesprungen war, dass er sich umgebracht hatte, in einem Anfall von Verzweiflung und Verlassenheit, und es bei nüchternem Verstand betrachtet eigentlich gar nicht sein konnte oder, wenn er es doch war, durch mein Erscheinen in eine ungeheure Verlegenheit gebracht würde. Mir klopfte das Herz, für ein paar Augenblicke drehte sich die Zeit in meinem Inneren, nein, sie schleuderte mich im

Dasitzen fort aus allen Gewissheiten. Noch während ich zu überlegen versuchte, wie ich jetzt zur Tür gelangen konnte (es war ein Zustand der Aufregung und der gleichzeitigen Lähmung, die sich ineinanderschoben und gegenseitig verstärkten), sah ich ihn draußen aufstehen, er ging die Straße hinauf mit lautlosen, ruhig über das Pflaster wandernden Schritten, keine Spur gealtert, aber mit einer noch aus dem Rücken zu mir zurückstrahlenden unerreichbaren Einsamkeit, und verschwand in der Seitenstraße.

Celan – etwas bricht auf, im Inneren. Etwas verlangt nach Antwort und Klarheit. Ein Leben lang habe ich seine Stimme irgendwo in meinem Hinterkopf gehabt. Wenn ich überhaupt von jemandem geprägt bin, dann von ihm, dessen Sprache sich in mich eingeschrieben hat und sich aus der Tiefe der Halbvergessenheit manchmal zu Wort meldet, auch wenn ich ganz eigene Wege gegangen bin im Schreiben und seine Ästhetik der Reduktion, der immer noch kürzeren, knapperen Form in geradezu umgekehrte Richtung verlassen habe, um ihn gar nicht erst nachzuahmen. Ich musste meinen Atem finden, nach so viel Nähe zum Verstummen. Aber ich musste durch diese Nähe hindurch, wenn ich ein Tor vor mir finden wollte. Vielleicht war er der Erste, den ich ganz allein für mich errungen habe, noch in der Schulzeit, als man uns mit kleingedruckten Klassikern gelangweilt hat. Ich las ihn von Anfang an seltsam gebannt, von einem dunklen Magnetismus der Schrift angezogen, die mich mit sich nahm und sofort meine heftige Zustimmung fand – ohne dass ich gleich sagen konnte, was das war. Ich stimmte seiner Verneinung zu, der strikten Ablehnung der Maximen und Regeln, wie sie rings um mich im Deutschland der Nachkriegszeit gepredigt wurden. Etwas ungeheuer Befreiendes lag in dieser Ablehnung, die zugleich auf etwas Verdecktes, Verbotenes, alle Erwartungen Sprengendes zielte. Insgeheim und ohne dass ich gleich merkte, was da vorging, hat Celan mich mit seinen extrem persönlichen, fast geflüsterten Gedichten für die kommenden Jahre politisiert, ich habe ihn vom ersten Moment an als Zeugen meiner Wünsche gelesen und habe mich auf ihn berufen, wenn ich darüber nachdachte, wo es mich hinzog.

Dass all das mit seiner jüdischen Geschichte zu tun hatte, mit der damals in Deutschland immer noch wie ein Tabu behandelten Erfahrung des Holocausts, dem Tod seiner Eltern im Konzentrationslager, während er in Czernowitz, seiner Geburtsstadt, und dann in einem rumänischen Arbeitslager überlebte, um nachher über Bukarest und Wien nach Paris zu gehen, wo er seine Frau Gisèle kennen lernte und zum Dichter in der Fremde wurde, ein deutschsprachiger Dichter, der das Land seiner Sprache mit Argwohn, ja mit Angst betrachtete und die Schrecken der Vergangenheit immer noch fortwirken sah, wurde mir erst allmählich klar, und es war genau das, was ich suchte.

Als ich dann nach Paris kam, bald nach Anfang meines Studiums, und in der Rue du Cherche-Midi Leo Sonntag kennen lernte, der wie Celan in Czernowitz geboren war und eine eigene Geschichte der Flucht und der Verfolgung hinter sich hatte (ich habe darüber in einem anderen Buch geschrieben), rief er bei Celan an und sagte: Da ist ein junger Student aus Deutschland, der liebt Ihre Gedichte, kann er Sie besuchen. So kam ich zu Celan. Er wohnte damals in der Rue de Longchamp, einer ruhigen Straße oberhalb der Seine bei Trocadéro. Ich erzählte ihm von meinem Studium in Freiburg, das viel mit Heidegger zu tun hatte, und er erklärte mir, dass er Heideggers Hölderlin-Interpretationen ungeachtet seiner Rolle in der Nazizeit begnadet fände, worauf ich sofort hinzufügte, dass ich verschiedene Spuren und Denkbilder von Heidegger in seinen Gedichten gefunden hätte, dass sie mir aber gleichsam vom Kopf auf die Füße gestellt vorkämen, nicht mehr abstrakt in der Luft schwebend, sondern konkret mit dem Körper und dem Atem des Sprechenden verbunden. Ein Satz ging mir durch den Kopf, der von Heidegger herkam und jetzt Teil von einem seiner Liebesgedichte geworden war: Getrennt, fall ich dir zu, fällst du mir zu, einander entfallen, sehn wir hindurch.

Er nickte, und ich zitierte ihn weiter: Das Selbe hat uns verloren, das Selbe hat uns vergessen, das Selbe hat uns – –.

Es war ein Kontakt da zwischen uns, von Anfang an.

Einmal öffnete seine Frau Gisèle die Tür und sah mit unwahrscheinlich schönen Augen ins Zimmer. Dieser Blick hat sich mir eingeschrieben, und ich habe ihn sofort auf alle Liebesgedichte von Celan bezogen, auch wenn mir später klar wurde, dass es noch andere Frauen in seinem Leben gab. Die Augen waren von solcher Sanftheit, auf mich und dann auf ihn, die wir da leicht auf Entfernung und sehr leise sprechend vor dem Fenster saßen, gerichtet, mit einer Spur Neugier und Abwarten, ob es auch gutging zwischen uns (und es ging gut), dass ich noch tagelang nach ihnen Ausschau hielt und jederzeit für möglich hielt, ich würde ihnen an irgendeiner Straßenecke von Paris begegnen. Es waren für mich die Augen, die Celans Sprache der Liebe hervorbrachten, und sie verbanden sich mit den Gravuren und Grafiken, die ich von Gisèle Celan-Lestrange gesehen hatte und die voller fragiler Entsprechungen und Bezugnahmen auf sein Werk waren. Eigentlich blieb dieser

Eindruck über die Jahre hin fest in meinem Kopf erhalten und änderte sich auch nur wenig, als ich erfuhr, dass Celan eine Liebesgeschichte mit Ingeborg Bachmann gehabt hatte, die schon in den vierziger Jahren – in Wien – begonnen hatte, dann in den fünfziger Jahren in Paris und Deutschland mehrere Male wieder aufflammte und erst Anfang der sechziger Jahre, als Ingeborg Bachmann mit Max Frisch liiert war, abbrach. Gisèle, das war klar, war die Liebe, die ihn in Frankreich verankerte, dem Land, wo er als staatenloser Jude lange um seine Einbürgerung kämpfen musste (und zudem noch, zusammen mit Gisèle, einen Kampf gegen den Antisemitismus ihrer Familie focht, die aristokratisch und erzkatholisch war). Und Ingeborg Bachmann war die Liebe, die ihn mit Deutschland und Österreich versöhnen sollte, mit den Ländern seiner Sprache, die zu einer Sprache der Mörder geworden war, es war die zehrende, heftige Sehnsucht über die Grenze hinweg, der Wunsch, es könnte nach allem Geschehenen und in vollem Bewusstsein davon auf einer anderen Ebene eine Verbindung von Jüdischem und Deutschem geben, eine erotisch-sexuelle Symbiose, sie würden zusammen ein hohes, angelisches Paar der neuesten Literatur abgeben, die Tochter eines österreichischen Nationalsozialisten und der Überlebende der Schoah, Diotima und Hyperion in der Nachkriegszeit, wo selbst die damals tonangebende Gruppe 47 unwillig auf Jüdisches reagierte und Celans Stimme, als er 1951 auf einer ihrer Tagungen vorlas (und er las dort auch die Todesfuge), entweder mit der Sprechweise von Goebbels oder der in einer Synagoge verglichen wurde, als wollte man gleich noch einmal zur Vernichtung schreiten. Gegen diese Stimmung trat die Liebe auf, und sie sollte die Gesellschaft von ihrer Ignoranz und Vergessenheit befreien und zu etwas anderem führen.

Wo bin ich jetzt? Ich bin bei der Doppelung der Liebe. Ich bin bei der wahnwitzigen Utopie, die in der Liebe steckt. Und diese Utopie habe ich, vielleicht ohne es richtig zu merken, von Celan übernommen, ich habe sie gelernt, ehe ich dich überhaupt in Paris getroffen habe. Kann sein also, dass er es war, der uns zusammengeführt hat. Wie gehen denn die Wege? Und warum trifft man sich?

Drei Jahre später kehrte ich wieder. Du studiertest in Paris und arbeitetest bald darauf über Heine und Apollinaire. Ich hatte schon an meiner Arbeit über Celan zu schreiben begonnen. Paris im April. Die Straßen blühten rings um uns auf, wenn wir durch sie hindurch liefen. Wir brauchten bloß eine Hand anzuheben, und uns flog entgegen, was wir herbeiwünschten.

Sous le Pont Mirabeau, dieses Lied von Apollinaire, das in Frankreich längst zu einem Gemeingut geworden ist, ebenso bekannt wie in Deutschland die Loreley oder der Anfang des Wintermärchens von Heine, es war auch unser Lied.

Wir trugen es auf den Lippen. Et nos amours. Es war ein Liebeslied und ein Teil von Paris, gar nicht zu trennen von der Seine, von der es erzählt.

Bei Celan kehrte dieses Gedicht in der Niemandsrose wieder. Der Pont Mirabeau ist dort verbunden mit Erinnerungen an Russland: Kyrillisches, Freunde, auch das ritt ich über die Seine, ritts übern Rhein.

Er hatte Apollinaire übersetzt, irgendwo in seinen Schubladen musste eine Übersetzung des Pont Mirabeau herumliegen. Der Pont Mirabeau war ein Lebensthema. Er verknüpfte das Thema des Übersetzens mit dem des Lebens in Paris.

Ende der sechziger Jahre war Celan selber an den Pont Mirabeau gezogen. Wir hatten ihn in der Zwischenzeit mehrfach getroffen, bei Leo Sonntag und auf der Place de la Contrescarpe, in der Rue d'Ulm, wo er an der École Normale Supérieure unterrichtete, oder bei Lesungen in Deutschland, in Tübingen und Hamburg. Von Leo Sonntag erfuhr ich auch, zumindest gerüchteweise und in zunächst noch vagen Andeutungen, dass er sich von seiner Frau und seinem Sohn Eric getrennt hatte, nachdem er sie in einem Zustand gefährlicher Erregung mit einem Messer angegriffen hatte und nachher versucht hatte, sich mit dem Messer selber umzubringen. Ein Stich knapp am Herzen vorbei. Es gab zunehmend Momente von Verfolgungswahn und Aggression, und sie waren ausgelöst oder verstärkt von den kursierenden, Celan verstörenden Plagiatsvorwürfen, die Claire Goll in Deutschland gegen ihn erhoben hatte. Ein Netz von Feindlichkeit und Judenhass schien sich um ihn schon wieder zusammenzuziehen. Jedenfalls sah er das so.

Wenn wir ihn trafen, war von einer Verwirrung nichts zu spüren. Er war von einer freundlichen, zugleich unerbittlichen Klarheit und Wortgenauigkeit. Nur dass er Medikamente nahm, gegen die Attacken von Depression und Paranoia, sah man seinen leicht eingesunkenen Schultern an, er wirkte eine Spur verhaltener, zitierte aber abends in einer Kneipe zwischen Studenten sitzend Verse von Heine und von sich selber, halb in den Raum gesprochen, und wies auf die Brotkrumen und die ausgetrunkenen Gläser auf den umliegenden Tischen mit dem amüsierten Satz hin: Viel Weltgeschichte liegt hier herum.

Am Pont Mirabeau lag seine letzte Wohnung in Paris. Als ich nun eines Tages dort hinfuhr, um ihn zu besuchen, zum letzten Mal, schwang das Gedicht von Apollinaire natürlich in meinen Gedanken mit, auch wenn ich meine Augen gar nicht auf die tatsächliche Brücke richtete, die hinter der Metrostation Javel über die Seine führte, sondern gleich um die Ecke in die Avenue Émile Zola einbog, ohnehin in Eile, weil ich wusste, dass er mich erwartete.

Das war eine Woche vor seinem Selbstmord. Ein warmer, sonniger Tag. Wieder war es im April. Vor ein paar Monaten war er in Israel gewesen, und ihm kam Paris kalt und unwirtlich vor, egal was die Sonne dazu sagen mochte. Unser Gespräch an diesem Nachmittag geriet über Phasen des Aufgreifens und Weiterführens unserer Themen (Gedichte, Deutschland, Politik, Studentenbewegung) immer wieder ins Schweigen. Ich erzählte ihm von meiner Doktorarbeit, die inzwischen nahezu fertig war, und er zeigte mir drei neue, gerade mit Schreibmaschine abgetippte Gedichte, die ich mit heißem Kopf am Tisch sitzend las, während er hinter mir stand und über die Schulter schaute. Das Fenster war offen, und man konnte die Geräusche von der nahen Citroënfabrik ahnen, die ein Stück seineabwärts lag – ich erinnere mich daran, weil in einem Gedicht das Wort Fertigungshalle stand, und als ich es las, dachte ich sofort an die Fabrik dort hinten, die auch im Pariser Maiaufstand – wir waren gerade im Jahr 1970 – eine so große Rolle gespielt hatte. Die Studenten waren zu den Arbeitern gegangen, um sie zum Mitdemonstrieren aufzufordern. Das war die Zeit, als die Republik wackelte und de Gaulle für kurze Zeit nach Deutschland floh.

Wo haben Sie Ihre Freundin gelassen, fragte er irgendwann, als es draußen schon fast dunkel war. Offenbar hatte er erwartet, dass ich mit dir zusammen zu ihm kam – und so fuhr ich durch die halbe Stadt zu Leo Sonntag in die Rue du Cherche-Midi und von da in die Avenue du Maine, wo ich dich bei einer

Freundin fand, und wir brachen noch einmal gemeinsam zu ihm auf. Der Besuch ging in die zweite Runde, oder er fing gerade erst an. Als sollten der Tag und der Abend und diese letzte Begegnung nicht enden.

Er hatte inzwischen russisches Brot auf der anderen Seineseite gekauft, dazu etwas Schinken. Ein paar Weinflaschen standen am Rand des Zimmers bereit. Sofort, als er dich sah (du trugst grüne Ohrringe aus Glas, die bei der Begrüßung hin und her schwangen), wurden seine Bewegungen leichter, sein Gesicht hellte sich auf, er lächelte und brachte uns das wie Pumpernickel schwarze Brot auf den Tisch, erzählte von dem Russen, bei dem er es gekauft hatte, schenkte uns den Wein ein, den wir zügig austranken, vor Erregung, hier zu dritt beisammen zu sein, um gleich wieder nachzuschenken. Brot und Wein, das war unser Abend bis in die Nacht hinein, und wie wir dasaßen und redeten, wurde er immer gelöster, immer entspannter, immer heiterer. Ich empfand ungeheures Glück, wie gut es ihm ging.

Am Tisch sitzend, ein paar Schritte vom Pont Mirabeau entfernt, mit dem Blick aufs Fenster, hinter dem einzelne Lichterpunkte aufschienen, fiel mir eigentlich erst richtig auf, wie wenig Gegenstände im Raum standen. Ein paar Bücher gab es da in den Regalen, mit großen Abständen dazwischen, ganz anders als in der Rue de Longchamp, wo er von einer wandhohen Bibliothek umgeben war. Das ganze Zimmer wirkte kahl und wie noch nicht richtig bezogen oder schon wieder ausgeräumt. Es war noch nicht lange her, dass er hier eingezogen war.

Morgens – wohin fahre ich hier, im Rattern der Metro sitzend? Zu welchen Anfängen, welchem Ende? Die Buchstaben zacken heraus, wenn es um eine Kurve geht. Ich fahre zum Pont Mirabeau, noch einmal nach so vielen Jahren. Ich fahre zu meinen Anfängen zurück, dem Punkt, dem Übergang, wo das Leben für mich gerade erst begonnen hat und seines abrupt endete. Niemand war bei diesem Sprung vom Pont Mirabeau dabei. Eine Lücke klafft da. Eine Leerstelle, die mir im Kopf geblieben ist und schmerzt. Sätze, die mitfahren. Sous le pont Mirabeau coule la Seine. Et nos amours. Faut-il qu'il m'en souvienne?

Sehen Sie, wie er da sitzt, in der Metro auf einem heruntergeklappten Stuhl gleich neben der Tür? Seine Schulter stößt manchmal gegen seinen rechten, zeitunglesenden Nachbarn, während er schreibt und ins Schreiben vertieft den Stift über das Papier auf seinen Knien führt. Einmal, als über Lautsprecher die nächste Station ausgerufen wird, blickt er auf und schaut in die Runde der um ihn stehenden, sich an Haltegriffen und Eisenstangen festhaltenden Passagiere, die eigenartig hin und her schwanken, ohne dass es ihnen besonders auffiele. Die Metro fährt unter Paris hindurch, sie nimmt über Austerlitz und Saint Michel Kurs auf Javel. In Invalide springt ein Mann in den Zug und erklärt mit lauter, leicht singender Stimme seine prekäre finanzielle Lage, um nachher seine Lederkappe vom Kopf zu ziehen und mit ihr Geld einzusammeln. In Pont d'Alma steigt er wieder aus. Lichtschneisen fallen von rechts durch die Tunnelwand.

Javel. Wie ich aus der Metro steige, sehe ich den Eiffelturm am Ende des Bahnsteigs. Die Spitze ist in Wolken getaucht. Noch gerade, dass man sie erahnt, manchmal schimmert sie eine Spur hervor, als habe sie Goldglanz, dann versinkt sie wieder.

Ich schaue nach links in die zwei Platanen, die über dem Bahnsteig stehen. Eine Taube dort in den Zweigen blickt mich an. Salut, colombe. Wer immer du jetzt seist. Sie hat eine blaugrüne Färbung. Rings um sie springen die Knospen zu ungenauen dunklen Flecken auf. Lauter Punkte gegen den Himmel.

6 avenue Emile Zola. Es ist ein gelbes Eckhaus aus den zwanziger Jahren, fast hätte ich es vergessen. Der Name des Architekten steht eingraviert über dem Eingang. Eine gläserne Tür mit Eisenrahmen deutet einen Hauch von Luxus an. Drinnen verschiedene Namen: Crapet, Wagner, Desjardins, Lecomte, Mounier.

Im Durchgang zum Fahrstuhl gibt es zwei Lampen in einer weißen Muschelform. Das Licht strahlt von innen in die Höhe.

Der Fahrstuhl, mit einem Eisengitter drum herum. Wer da drinsteht, ist für einen Augenblick gefangen in einem Menschenkäfig. Das Klicken des Fahrstuhls, bevor die Tür sich öffnet. Hier im zweiten oder dritten Stock hat er gelebt, die letzten Wochen.

Nebenan steht heute ein chinesisches Restaurant, Hi-Lim. Auf der anderen Seite eine Pharmacie, mit grünem Leuchtkreuz, in dessen Mitte die Tagesdaten angezeigt werden. Es ist Vormittag, gerade mal vierzehn Grad.

Gegenüber ein Zeitungskiosk, den es damals vielleicht schon gegeben hat. Ein Marokkaner steht hinter dem Guckloch, eingerahmt von Titelseiten und dem prangenden Schriftzug Le Monde.

Monsieur, fragt er, als ich näher trete.

Er hat eine ganz ähnliche Wollmütze wie ich auf dem Kopf.

Gibt es hier auch deutsche Zeitungen, frage ich.

Nein, für deutsche Zeitungen müssen Sie zur Gare du Nord gehen, da gibt es welche. Oder vielleicht ins Quartier Latin.

Am Kantstein fließt Wasser entlang. Gleich vor dem Haus Nummer 6 biegt es um die Ecke in Richtung Westen, schwer zu sagen, ob es von dort aus je in der Seine ankommen kann, die jenseits der Straße liegt.

Ich schreibe im Stehen.

Ich halte den Block in der Hand und blättere die Seiten um.

Sieben Vespas stehen an der Ecke.

Wie ich darauf zugehe, flattert eine Taube über mich hinweg und landet auf dem Baum darüber. Ich weiß nicht, ob es dieselbe ist.

Zehn nach elf. Die Concierge kommt aus der Tür, leicht gekrümmt, mit Putztuch, als wolle sie das Image ihrer Pariser Tradition erfüllen.

Suchen Sie etwas?

Hier hat mal ein deutscher Dichter gewohnt, sage ich, vor vielen Jahren.

Sie sieht mich prüfend an.

Ein Dichter?

Ja.

Das ist aber schon vierzig Jahre her, sagt sie vorwurfsvoll. Da war ich noch nicht da.

Aber ich, werfe ich vorsichtig ein.

Ich versuche zu lächeln.

Soweit ich weiß, hat er hier in einem der oberen Stockwerke gelebt. Von seiner Familie gibt es niemanden mehr. Die sind alle schon lange tot, Monsieur.

Nicht alle, sage ich.

Und ich versuche, noch einmal zu lächeln.

Wie auch immer, sagt sie. Das ist lange vor meiner Zeit. Ich kann Ihnen da nicht weiterhelfen, und ich kenne auch niemanden hier, der es könnte. Man kommt ja schon so kaum durch den Tag, bei all dem, was es zu tun gibt.

Damit dreht sie sich um und verschwindet in einem hinteren Trakt des Hauses.

Um zum Pont Mirabeau zu kommen, muss man an der Pharmacie und am Zeitungsstand vorbei. Am Platz vor der Brücke gibt es ein Café mit orangefarbenen Markisen: Café Regalia. Baststühle davor mit schwarzen Tischen. Ein Briefkasten steht da. Von dort muss man über zwei Ampeln, um zum Rondell und zum alten Bahnhofshaus von Javel zu gelangen. Vielleicht war alles ruhig, als er da hinübergegangen ist, das letzte Mal.

Tiefer Himmel. Ein Wind weht von der Seine her.

Pont Mirabeau. Die Brücke beginnt mit einem großen Steinpfeiler, und dahinter führt ein grünes Eisengitter leicht ansteigend zur Mitte hin, ja, die Brücke steigt an, und auf der anderen Seite sieht man sie entsprechend wieder abwärts sinken. Die Autos, die von drüben kommen, tauchen halb abgeschnitten aus dem Pflaster auf und werden erst ab der Mitte voll sichtbar.

Hier irgendwo muss es gewesen sein.

Wovon ist die Rede?

Von der Brückenquader, von der er ins Leben hinüberprallte, flügge von Wunden, – vom Pont Mirabeau. So steht es in der Niemandsrose.

Die Bilder des Anfangs und des Endes gehen ineinander über.

Ein Gitter aus Eisen. Ganz tief. Kaum dass es bis zur Hüfte geht. Wenn man darüberstreicht, ist es glatt und kühl.

Ein hellgrünes Brückengitter. Namen sind darin eingeritzt.
Nazmi, Hilaria, Fleur, Lou Lou, Momo.

Als wir bei Celan waren an diesem Abend und schon die zweite oder dritte Flasche aufgemacht hatten, dachte ich, es geht ihm besser, vielleicht ist er über den Berg, es gibt keine beängstigenden Spuren von Depression mehr. Er fühlte sich angesteckt von unserem Übermut, schweifte in die Vergangenheit zurück und erzählte, wie er einmal mit Ingeborg Bachmann durch die Hamburger Herbertstraße gegangen war, die Bordellstraße, wo die Frauen im Schaufenster ihre Körper zum Kauf anboten. Ich wusste nicht, in welchem Verhältnis er zu Ingeborg Bachmann gestanden hatte, er ließ auch nichts durchblicken, sondern rief nur das Bild von Hamburg und seinem Hafenviertel wach, wie es dann in seinem großen Hafen-Gedicht wiederkehrte, mit dem unnachahmlichen Wort Ziehbrunnenwinde, das die Geräusche der Elbbagger evoziert. Auch zeigte er uns Arbeiten von Gisèle, seiner Frau, die inzwischen ohne ihn auf der anderen Seineseite lebte, und erwähnte seinen Sohn, der schon auf dem Weg war, Zauberer zu werden. Und wir erzählten ihm vom Münchener Föhn, der besonders im Winter von den Bergen kommend eine finstere Klarheit in die Köpfe brächte, und lenkten das Gespräch auf Thomas Bernhard, dessen Buch Verstörung wir gerade gelesen hatten. Die Verstörung ist im Grunde ja eine reine Föhnprosa, sagtest du, immer gibt es diese Verleitung, sich umzubringen, diese Nähe zum Selbstmord. Ich erschrak einen Moment, weil ich das Wort Selbstmord an diesem Abend nicht ausgesprochen hören wollte. Aber er lächelte und lehnte den Kopf beiseite, als würden wir über ferne, ihn gar nicht weiter betreffende Dinge sprechen und sollten nur weiterreden.

So kamen wir von Thomas Bernhard zu Konrad Bayer, den wir auf eine sehr persönliche Weise mochten (nina lag auf dem toilettentisch und sagte: ich liebe dich sehr sehr!) und den er hartnäckig nicht zu kennen vorgab, vielleicht weil er seinen Surrealismus zu leichtfertig fand oder weil er ihn zu sehr an seine eigenen Anfänge erinnerte (auch Konrad Bayer, das fiel mir erst später ein, hatte sich umgebracht). Und von ihm ging es zu Daniel Cohn-Bendit (den Celan schätzte, schon weil er die Pariser Studenten mit dem Satz gewonnen hatte: wir alle sind Juden) und weiter zu Beckett und Buster Keaton, in dessen Fußstapfen wir damals Filme zu machen versuchten. Nichts deutete an diesem Abend auf seinen Selbstmord hin.

Und doch: Als wir über die Bücher sprachen, sagte er, er habe hier eine originale Ausgabe des Ulysses von James Joyce, wir könnten sie haben, er würde sie uns schenken. Ein andermal kamen wir auf die Sonette von Shakespeare zu sprechen, die er ins Deutsche übertragen hatte, und er erwähnte ein bestimmtes, entscheidendes Buch zu diesem Thema, ich weiß nicht, was es gewesen ist, jedenfalls legte er uns nahe, es doch mitzunehmen. Warum er es nicht mehr brauchte, haben wir ihn nicht gefragt. Und wir haben die Bücher auch nachher, als wir uns lange nach Mitternacht verabschiedeten, nicht mitgenommen. Vielleicht hatte er längst die Vorstellung im Kopf, dass er in einer Woche nicht mehr da sein würde – auch wenn er immer wieder von kommenden Ereignissen erzählte, zum Beispiel einer Lesung in Freiburg, auf die er sich freute. Es gab eine Zukunft, im Reden, und doch gab es keine Zukunft mehr. Vielleicht war es das. Und vielleicht war das Glück, das ich in seinen

Augen las, kein Zeichen der Besserung, sondern ein Abschied, ein heimliches Lebewohl, in dem er das Leben noch einmal, kurz vor dem Ende, feierte.

Auf welcher Seite der Brücke soll ich gehen? Auf der zum Zentrum hin, in Richtung Eiffelturm – da kommt die Seine her. Auf der anderen, nach links, fließt sie weiter.

Also gehe ich schräg hinüber, zwischen dem Verkehr hindurch, über den Mittelstreifen zum anderen grünen Geländer. Es gibt keine Mauern hier, wie beim Pont Neuf, nur dieses niedrige Gestänge mit dem immergleichen Ornament darin.

Es ist ganz einfach, sich darüberfallen zu lassen. Man muss sich nur vorbeugen, ein Stück. Der Rest geht von alleine. Das heißt, hinter dem Geländer gibt es noch einen Vorsprung, ungefähr fünfzig Zentimeter breit, zu dem muss man also doch hinübersteigen, ehe man in die Tiefe stürzt.

Ganz in der Mitte, am höchsten Punkt, ragt eine Eisenfigur zum Wasser hinab. Vielleicht ist es eine Flussfee (oder ein Teil von einem Wappen). Von oben sieht man nur etwas geschwungen Flossenartiges.

Zwei Schuten am Anleger. Ein Kran hebt gelben Sand daraus hervor.

Faut'il qu'il m'en souvienne? La joie venait toujours après la peine. Immer kam die Freude erst nach dem Schmerz.

Wenn ich mich umdrehe, sehe ich die Freiheitsstatue hinter der nächsten Seinebrücke. Das Vorbild für New York. Nicht so groß, aber mit derselben selbstgewissen Emphase.

Auf der Mitte der Brücke steht der Name Christine.

Wie ich ihn nachzeichne, genau jetzt, das ist keine Erfindung, landet unmittelbar neben mir die Taube.

Mit einem leichten Flattern. Sie macht ein paar Schritte knapp einen Meter entfernt auf dem Geländer. Völlig angstlos. Dreht sich zweimal im Kreis, bleibt stehen. Braune Augen. Und sieht mich an.

Das Wasser, grün unter mir. Gar nicht anders grün als das Geländer, an dem ich stehe. Eine Spur Gelb darin.

Vienne la nuit, sonne l'heure. Les jours s'en vont, je demeure, sagt Apollinaire. Komm herbei, Nacht. Stunde, schlage. Die Tage gehen dahin.

Je demeure, ich bleibe. Darin muss für Celan mitgeklungen haben: Je meurs, ich sterbe.

Eine Plastikflasche schwimmt unten im Wasser.

Rauschen und Brummen hinter mir.

Ein paar einsame Lampen stehen am Rand. Kugeln, am Ende eines Pfahls aus Eisen. Wenn man zu der nächsten von ihnen aufsieht, gibt es ein Schwindelgefühl.

Vielleicht braucht es nur diesen Hauch von Schwindel. Und den Rest tut der Körper, wie denn? Flügge von Wunden.

Nichts mehr zu retten. Keine Zukunft, kein Wort mehr, auf das man hoffen kann. Irgend so eine Zeile: Ich steche mich in dich und beatme den Stich. Oder wie hieß es bei Celan? Erinner dich: Einer will drin ersaufen, zwei Bücher an Stelle der Lungen. Einer, der sich in dich stach, beatmet den Stich. Einer, der dir der nächste war, geht dir verloren.

Es gibt so viele Vorzeichen für diesen Sprung in die Seine. Die Gedichte sind voll davon, schon im Leben, Jahre vor dem Tod, als seien beide Seiten ineinandergeschoben. An einer Stelle heißt es: Du wirfst mir Ertrinkendem Gold nach. Vielleicht lässt ein Fisch sich bestechen.

Die Zeilen gehen mir im Kopf nach.

Wind, der in die Augen weht.

In diesem Moment fährt eine große Schute unter der Brücke durch. Seineabwärts. Auf ihrem Heck steht ein Auto. Und ich sehe auch zwei Wäschestücke dort hängen.

An Paul Celan:

Da, wo du gestorben bist, war ich gerade erst im Aufbruch.
Am Pont Mirabeau, wo ich dachte, jetzt gebe es keine Gefahr mehr für dich, fühlte ich mein Leben voller Zukunft.
Dort, eines Nachts, wenige Tage, nachdem wir uns zuletzt gesehen hatten, bist du ins Wasser gestürzt, und ich möchte wissen, wo du angekommen bist. Verfrüht im Tod, unwillkommen an der Pforte der großen Nebel, dein Körper, dein Kopf, tagelang flussabwärts aufs Meer zugetrieben, verhakte sich im Uferschlamm zwischen zwei Weidenwurzeln, man hat dich auf das Gras gezogen, und niemand erkannte dich, niemand erlaubte dir, ins Offene zu schwimmen.
Wohin bist du dann weitergewandert außerhalb der schlickverschmierten Kleider? Und jetzt, gib mir Antwort. Wie soll ich dich fortdenken und dein Verschwinden in mich zurückholen, wo ich längst über dein Todesalter hinaus bin?
Am Tag unseres Abschieds, das letzte Mal, hab ich gedacht, du kannst wieder atmen. Wir haben den Tag verlacht, und du hast mir vor Übermut alle Bücher geschenkt.
Wie liest du den Text, der dasteht und gilt, für alle, deinen Text, über den Fluss zurück ins Leben? Rauscht er im Kopf oder in den Augen, wenn das Wasser seine Strudel durch die Worte zieht, und

braucht es Schlingen im Kopf, um zu sterben an der dünnen Nabelschnur der Geburt? Hör mich. Ein halbes Jahrhundert nämlich ist nicht genug für diesen nie gehörten Hilfeschrei, über dem der Himmel aufleuchtet, Schimmer zum Dastehen und zum Sprung über das Eisengeländer hinweg.

Ich weiß nicht, wo du gestanden bist und was du gedacht hast ins gelbe Gluckern vom Pont Mirabeau, der Mantel noch trocken, alles sturzbedürftig und aus Atem gemacht, ein Taumeln vornüber, ein Aufklatschen, das niemandem in die Glieder gefahren ist, gelb, trübgelb, wenn es nur Tag gewesen wäre, bist du in den Strom getaucht und hast alle Worte zu Fleisch gemacht, um endlich nicht mehr reden zu müssen von Zwischenräumen.

Und welcher Trug war das vom Ankommen und Dahinsein und Darüberhinaussein? Wie hoch und dunstig und undurchdringlich ist das Tor gewesen?

Morgens. Die Straßen gewaschen, die Sonne warm auf den Dächern. Ich bin ins Café de Personne zurückgekehrt. Nichts, niemand. Es ist ein heller Tag. Eine Frau tritt ein. Sie wünschen, Madame, sagt Serge. Ich suche einen Freund, sagt die Frau und lächelt. Serge sieht sich im Raum um und zeigt auf mich. Ist das Ihr Freund? Jetzt bin ich es, der lächelt. Ich habe sie noch nie gesehen.

Später. Faubourg Saint-Antoine. Das schräge Sonnenlicht spiegelt sich in den Abflussrinnen. Es blitzt von unten in die Augen. Ich gehe ganz dicht am Kantsteig entlang, manchmal auf die runden Eisengitter unter den Bäumen tretend. Gegenlicht. Es muss irgendetwas mit Helligkeitssucht zu tun haben.

Licht einatmen, um aufrecht gehen zu können. Nicht um die Zeit zu löschen. Eher im Gegenteil, ich suche nach dem Punkt, wo sie auflebt in den Händen.

Wer erklärt mir, was das für ein Sturz der Jahre ist, der hier aus den Bäumen auf mich niedergeht? Wohin zieht mich das Flimmern am Boden, das mir noch im Nachdenken und Fragenstellen die Schritte lenkt und mir weismacht, ich müsse ihm folgen, um zu verstehen, wer ich bin? Tabac Antoine. Ein Kind springt in die Höhe und versucht im Springen die Beine anzuziehen, als müsse es niemals mehr landen. Rechts rauschen die Autos vorbei, und ein Motorrad fährt im Slalom zwischen ihnen hindurch immer weiter die Straße hinauf.

Wollen Sie noch weiter hinter ihm hergehen? Oder lassen Sie ihn davonziehen, für heute? Er hat genug Einsamkeit in sich. Gestern, sagt er, als ich dir in die Augen sah und sagte, die Liebe ist für die Ewigkeit gemacht. Ach was gestern, es ist kaum ein paar Atemzüge her. Ich werfe dir die roten und blauen Parisblumen zu, du fängst sie auf, und die Jahre dazwischen zählen nicht. Hörst du mich? Dies ist ein Brief, den ich an dich schreibe, mit jedem Atemzug. Ich schicke ihn mit meinem Atem ab, die Hand notiert nur, was sie aus der Luft ergreifen kann und zu etwas halbwegs Verständlichem verwandelt.

Hier, das heißt auf Französisch: gestern. Wie herum soll ich es jetzt lesen? Immer diese Drift, die aus dem Ende einen Anfang macht.

Die Zeit summt durch den Körper, Tag, Nacht, hörst du, ich laufe schon am Morgen durch die Straßen, gehe meine Routen, die ich immer wieder zwischendurch als Buchstaben zu erkennen suche, um ein Wort daraus zu machen, eine Antwort, irgendetwas,

was diesem unerhörten Anflug der Zeit gewachsen ist. Unmerklich, aber mit einem Gefühl von Erschöpfung, Durchatmen, Aufbruch, plötzlich übermütigem Um-die-Ecke-Biegen wandelt sich unsere Haut und enthält selber Spuren von Geschichten, die durch sie hindurchgegangen sind. Wer sind wir, fragen wir, während wir uns morgens im Spiegel begrüßen und manchmal schon denken, das Vergehen der Zeit bekomme im Spiegel einen Lachanfall, um sofort in die nächsten Ereignisse hineingerissen zu werden, eine Umarmung, ein Geruch von Macchia im Haar, bis zur Biegung des Nackens herab. Die Zeit nimmt uns längst auf die Schulter, sagen wir. Wir atmen und stocken darin, als könnten wir auf diese Weise die Uhr anhalten. In uns – aber wer weiß das, wer hat schon eine Ahnung, was in uns ist? – wandern die verborgenen Geschichten unserer Wünsche umher, Geschichten aus Fleisch und Blut, die vom Drehwirbel der Tage und Nächte getrieben sind. Ist da was, fragen wir, und sind derweil von einem leichten Luftzug in die Seitenstraße fortgeweht, oder sollte ich lieber sagen: vom Anblick einer Möwe, die durch die Stadt geflogen kommt, mit langen, ruhigen Flugbewegungen, als käme sie vom Meer.

Klaus Voswinckel

Buchveröffentlichungen:

1979 Lapidu. Die Geschichte einer Reise
1981 Das Buch aus der Ebene
1985 Sonntag, Paris
1989 Stein und Meer
1991 Jerusalem – eine Reise in die Schrift
1993 Flugschriften – White Flights
1999 Helen – Mediterrane Botschaften *
2002 Apulische Geschichten *
2006 Der unsichtbare Körper – Tonda-Tagebuch *
2009 Die Nacht der Trommeln – Ghana-Notizen *

Fernsehfilme u.a.:

1987 La Banda
1989 Die Stille vor dem Ton
1990 Ragazzi oder Die Erfindung der Komödie
1992 Wolfgang Rihm – Komponist
1994 Steve Reich – Musik in den Worten
1996 Ein Schritt zu meiner Sehnsucht
1998 One Man Band
1999 Morton Feldman – Der Klang und sein Schatten
2000 Musik aus den Wäldern
2001 Der Göttliche Trommler – Eine Reise nach Ghana
2002 Nachtwachen
2003 Coming Together
2005 Winterreise – Schubert in Sibirien
2007 Aufbruch ins Innere
2008 Der Verzauberer aus Rom
2009 Ins Dunkle, ins Offene

* erschienen im Verlag Bibliothek der Provinz

Klaus Voswinckel
**DIE NACHT
DER TROMMELN**

Ghana-Notizen

19 x 12 cm, 262 Seiten,
20,00 €
ISBN 978-3-900000-30-1

Klaus Voswinckel taucht in die Welt der ghanaischen Trommeln ein, in die Welt der Queenmothers, der Sargschreiner, Fufustampfer und Fetischpriester, und er ist dabei immer wieder anders dem Zusammenhang von Rhythmus und Leben auf der Spur. Im Mittelpunkt steht die Begegnung mit dem Divine Drummer Ghanaba, dem ranghöchsten Trommler von Ghana. Mit ihm und von ihm her kommen die westlichen Vorurteile ins Wanken ...

Klaus Voswinckel
HELEN

Mediterrane Botschaften

21 x 15 cm, 222 Seiten,
19,00 €
ISBN 3-85252-312-5

HELEN – das ist die Geschichte einer Frau, eines Ortes am Mittelmeer und eines heute halb verdrängten, vielleicht aber um so ersehnteren Konzepts von Leben. Es ist die Geschichte der Künstlerin Helen Ashbee, die nebenher eine ganze Odyssee durch unser Jahrhundert enthält, von England über Jerusalem, Salzburg, New York und den Pariser Montparnasse nach Italien. Und zugleich ist es die Erzählung von einem geheimen Zentrum am Rande der Welt, einer Masseria im äußersten Süden von Apulien.
Dort lebt Helen seit 1968 mit Arno Mandello, dem Freund von Man Ray, Pablo Picasso, Joseph Roth und vielen anderen (auch er hat eine Jahrhundertgeschichte der Emigration und der Länderwechsel hinter sich). Die „Republik Bufalaria" wird zum magischen Ort der Lebensentwürfe, der ungewöhnlichen Begegnungen und Utopien.
Klaus Voswinckel begibt sich in diese Welt hinein, er erzählt sie aus dem Inneren der Landschaft, die auf alle Details mit einwirkt, und entdeckt Schritt für Schritt das Phantastische im Realen wieder – als gäbe es nichts Verrückteres und Wunderbareres als das Leben selbst, zumindest hier, bei Helen.
Das Biografische, auch das Autobiografische wird zum Roman. Und die mediterranen Botschaften stecken in den Labyrinth-Kurven der Geschichten: sanft, komisch, anrührend, voll Gleichzeitigkeit von Scheitern und Gelingen. Wer sie hört (abseits vom Imponiergehabe der Macht), wird seine eigenen Wünsche in ihnen finden.

Klaus Voswinckel
APULISCHE GESCHICHTEN

Erzählungen

21 x 15 cm, 72 Seiten,
15,00 €
ISBN 3-85252-468-7

Vom Reisen

Mit zerrissenen Sohlen trat er die Reise an. Er musste sich so sehr auf diese Reise gefreut haben, dass er tagelang (oder war es Wochen und Monate?) in den Straßen umhergegangen war und jetzt, wo er die Stadt verließ, deren Schaufenster und Menschen er bis in die merkwürdigsten Details hinein studiert hatte, als wolle er an ihnen die Fremde lernen und hätte sie im Grunde schon dauernd für sich vorausertastet, ein Loch unterm Schuh entdeckte und, als er genauer hinsah, dazu noch zwei bis in die Sohlenmitte auslaufende Risse, die sogar mühelos im Auftreten zu lokalisieren waren: Er trat vor die Tür und spürte seinen Fuß sofort unmittelbar auf dem Pflaster.

Dieses Gefühl nahm mit jedem Schritt zu, und da es nicht regnete, nahm er es als das triumphale Gefühl seiner selber, als sei ihm eine Außenhaut aufgeplatzt, und er könne mit einer feineren, empfindsameren Schicht seiner selbst den Boden berühren. So ging er, einen Hauch ungleich, was andere vielleicht als Humpeln auslegten, die gleichgültige Straße hinunter und bog um die Ecke, kommenden Regenfällen entgegen, er hatte steinige Wanderungen vor sich und Tage, an denen er durch nichts als Macchia und wilde Oliven ging, vor ihm lag die Hochebene der Murge und dahinter, wenn auch noch entfernt, die Halbinsel des südlichen Salento, wo die Weinfelder bis direkt an die Küste herunterreichten und das Meer nachts silbern flimmerte, wie er es in seiner Kindheit einmal geträumt hatte, ein riesiger Kegel, der aus der Zukunft auf ihn zukam. Dort stand ein Haus, weiß zwischen Bäumen schimmernd, und bis zu diesem Haus würde er gehen.

Klaus Voswinckel
DER UNSICHTBARE KÖRPER

Tonda-Tagebuch

21 x 15 cm, 136 Seiten,
18,00 €
ISBN 978-3-85252-745-1

Was geschieht mit einem, der sich in die Einsamkeit Südapuliens begibt, um ein philosophisches Buch zu schreiben? Werden die Landschaften, der verfallene Turm, die Hitze, die Gerüche und die Nähe zu den Sternen Einfluss nehmen auf die Ideen dessen, der sich hier am Rande Europas verschanzt, um in Ruhe zu schreiben, oder wird die Vorstellung vom unsichtbaren Körper gerade in dieser extremen Aufmerksamkeit auf kleinste Zeichen immer bedeutsamer?

Egal ob man das Buch als Roman, als Abenteuer oder als ein aufregendes Stück Philosophie liest, immer führt da ein Weg vom einen ins andere hinein, ein ebenso spielerisch leichter wie existentieller Weg, und es ist ein Vergnügen, ihm zu folgen.

„Diese empfindliche, empfindsame Novelle ‚Der unsichtbare Körper' ist ein besonderes Buch. Sonderbar suggestiv. Bald Essay, bald geheimnisvoll erotische Geschichte: Peter Handke oder Botho Strauß schreiben sonst nur eine so reflexive Prosa …"
       Peter von Becker, „Der Tagesspiegel"

Verlag Bibliothek der Provinz

Verlag für Literatur, Kunst und Musikalien